Bia

AMARSE, RESPETARSE Y...
TRAICIONARSE

Jennie Lucas

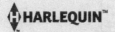

HARLEQUIN™

Editado por Harlequin Ibérica.
Una división de HarperCollins Ibérica, S.A.
Núñez de Balboa, 56
28001 Madrid

© 2012 Jennie Lucas
© 2019 Harlequin Ibérica, una división de HarperCollins Ibérica, S.A.
Amarse, respetarse y... traicionarse, n.º 2683 - 20.2.19
Título original: To Love, Honour and Betray
Publicada originalmente por Harlequin Enterprises, Ltd.
Este título fue publicado originalmente en español en 2012

I.S.B.N.: 978-84-1307-368-2
Depósito legal: M-39160-2018
Impresión en CPI (Barcelona)
Fecha impresion para Argentina: 19.8.19
Distribuidor exclusivo para España: LOGISTA
Distribuidor para México: Distibuidora Intermex, S.A. de C.V.
Distribuidores para Argentina: Interior, DGP, S.A. Alvarado 2118.
Cap. Fed./Buenos Aires y Gran Buenos Aires, VACCARO HNOS.

MIXTO
Papel procedente de fuentes responsables
FSC
www.fsc.org
FSC® C108412

Este libro ha sido impreso con papel procedente de fuentes certificadas según el estándar FSC, para asegurar una gestión responsable de los bosques.

Capítulo 1

CALLIE Woodville había soñado toda su vida con el día de su boda. Con solo siete años, se disfrazaba con una sábana blanca sobre la cabeza para representar la ceremonia en el granero de su padre. La acompañaba entonces su hermana Sami, que solo era un bebé.

Era un sueño que había abandonado durante su adolescencia. Había sido una joven con grandes gafas, algo regordeta y aficionada a los libros. Los chicos nunca se fijaban en ella. Fue al baile de fin de curso con su mejor amigo, un niño muy parecido a ella que vivía en una granja cercana. Pero Callie nunca había dejado de pensar que algún día conocería al hombre de su vida. Creía que esa persona existía y que algún día la despertaría de su letargo con un dulce beso.

Y, tal y como había previsto, el hombre de sus sueños acabó por aparecer en su vida a los veinticuatro años.

Su jefe, un multimillonario poderoso y despiadado, la había besado y seducido. Con él había perdido su virginidad y también su corazón. Durante esa noche, Callie se había dejado llevar por la pasión y la magia. Cuando despertó al día siguiente, el día de Navidad, y vio que seguía entre sus brazos y que estaba en su lujosa casa de Nueva York, se sintió muy feliz. Le pareció entonces que el mundo era un lugar mágico donde los sueños terminaban por hacerse realidad.

Había sido una noche mágica, pero también muy dolorosa.

Habían pasado ocho meses y medio desde entonces y estaba esperando sentada en el portal de su casa en una calle arbolada y tranquila del West Village de Nueva York. El cielo estaba oscuro, como si fuera a llover. Le había dado pena seguir en su piso vacío y había decidido esperar con sus maletas en la calle.

Era el día de su boda. El día con el que siempre había soñado, pero la realidad no se parecía en nada a sus sueños.

Llevaba un vestido de novia de segunda mano y un ramo de flores que había cortado ella misma en un parque cercano. En lugar de velo, llevaba su larga melena castaña recogida con dos sencillos pasadores.

Estaba a punto de casarse con su mejor amigo, un hombre al que nunca había besado y al que no deseaba besar. Un hombre que no era el padre de su bebé.

En cuanto volviera Brandon con el coche de alquiler, irían al Ayuntamiento a casarse. Después, emprenderían juntos el largo viaje desde Nueva York hasta la granja de sus padres en Dakota del Norte.

Cerró un instante los ojos, sabía que era lo mejor para el bebé. Iba a necesitar un padre y su exjefe era un hombre egoísta, insensible y mujeriego. Después de trabajar como su secretaria durante tres años, lo conocía muy bien. Aun así, había sido lo suficientemente tonta como para caer en sus redes.

Vio llegar un coche, era lujoso y oscuro. No pudo evitar contener el aliento hasta que pasó frente a ella y desapareció de nuevo. Se estremeció, no quería ni pensar en lo que pasaría si su antiguo jefe se enterara de que habían engendrado un bebé durante su única noche de pasión.

—Nunca lo sabrá —susurró ella.

Trató de tranquilizarse. Había oído que Eduardo estaba en Colombia, inspeccionando los trabajos de Petróleos Cruz en varios yacimientos marinos. Además, estaba segura de que ya se habría olvidado de ella. Durante el tiempo que había trabajado para él lo había visto con muchas mujeres. Ella había pensado que podía ser diferente, pero se había equivocado.

–¡Fuera de mi cama, Callie! –le había dicho Eduardo a la mañana siguiente–. ¡Fuera de mi casa!

Ocho meses y medio después, sus palabras aún le hacían daño. Suspiró y acarició su barriga. Eduardo no sabía nada de la vida que había creado en su interior. Él había decidido echarla de su lado y no pensaba darle la oportunidad de luchar por la custodia del bebé. Suponía que sería un padre dominante y tiránico. Ya lo conocía como jefe.

Su bebé iba a nacer en un hogar estable, con una familia cariñosa. Brandon, que había sido su mejor amigo desde los seis años, iba a ser el padre de su bebé aunque no fuera suyo.

A principio, había creído que un matrimonio basado en la amistad no iba a funcionar, pero Brandon le había asegurado que no necesitaban nada más.

–Seremos felices, Callie –le había prometido Brandon–. Muy felices.

Y, durante el embarazo, había sido el mejor compañero posible. Bajó la vista y se fijó en su bolso de Louis Vuitton. Brandon quería que lo vendiera, diciéndole que sería ridículo tener algo así en una granja. Y ella estaba de acuerdo.

Eduardo se lo había regalado en Navidad. La había emocionado mucho con ese detalle. Le sorprendió que se hubiera dado cuenta de que ella lo miraba cada vez que lo veía en los escaparates. Cuando se lo dijo, Eduardo le había asegurado que le gustaba recompensar a las personas que le mostraban lealtad.

Cerró los ojos y levantó la cara hacia el cielo. Le cayeron las primeras gotas de lluvia. Ese ridículo trofeo, un bolso de tres mil dólares, le recordaba lo duro que había trabajado para esa empresa.

Pero sabía que Brandon tenía razón, debía venderlo. Así no le quedaría ningún recuerdo de Eduardo ni de Nueva York. Ese bebé era lo único que iba a conservar de esos años.

Se estremeció al oír un trueno. También le llegaban los sonidos del tráfico y la sirena distante de un coche de policía en la Séptima Avenida.

Oyó entonces que se le acercaba un vehículo. Supuso que sería Brandon con el coche de alquiler. Había llegado el momento de casarse con él e iniciar el viaje de dos días hasta Dakota del Norte. Forzó una sonrisa y abrió los ojos.

Pero era Eduardo Cruz el que acababa de salir de su Mercedes oscuro. Se quedó sin aliento.

–Eduardo –susurró ella.

Se apoyó en el escalón para levantarse, pero se detuvo. Tenía la esperanza de que no se diera cuenta de que estaba embarazada.

–¿Qué-qué estás haciendo aquí? –le preguntó tartamudeando.

Eduardo se le acercó con firmeza y elegancia. Su presencia imponía respeto e incluso temor. Casi podía sentir cómo temblaba el suelo bajo sus pies.

–Soy yo el que debería hacerte esa pregunta a ti, Callie.

Su voz era profunda y apenas le quedaba un poco de acento de sus orígenes españoles. Fue increíble volver a escucharlo. Había creído que no iba a volver a verlo, aunque había soñado con él en más de una ocasión.

–¿Qué te parece que estoy haciendo? –repuso ella mientras señalaba las maletas–. Me voy.

Odiaba que ese hombre siguiera teniendo tanto efecto sobre ella.

–Has ganado.

–¿He ganado? –repitió Eduardo mientras se le acercaba más–. ¿Me estás acusando de algo?

La miraba con intensidad. Había hielo en sus ojos, no pudo evitar estremecerse.

–¿No recuerdas acaso que me despediste y te aseguraste además de que nadie más me contratara en Nueva York? –le recordó ella.

–¿Y? –repuso Eduardo fríamente–. McLinn puede cuidar de ti. Después de todo, es tu novio.

–¿Sabes lo de Brandon? –susurró algo asustada.

Pensó que, si sabía lo de su matrimonio, cabía la posibilidad de que supiera lo del embarazo.

–¿Quién te lo dijo?

–Él mismo –repuso Eduardo con una sonrisa cínica–. Me lo contó cuando lo conocí.

–¿Lo has conocido? ¿Cuándo? ¿Dónde?

–¿Acaso importa?

Se mordió el labio al oír la dureza de sus palabras.

–Pero fue un encuentro casual o...

–Supongo que fue un golpe de suerte –la interrumpió Eduardo–. Pasé por casa y me sorprendió ver que vivías con tu amante.

–¡Él no es mi...! –protestó ella sin pensar.

–¿No es tu qué?

–Nada, no importa –murmuró ella.

–¿Le gusta a McLinn vivir aquí? –le preguntó en un tono frío–. ¿Sabe que es el piso que alquilé para una secretaria a la que en su momento respeté?

Ella tragó saliva. Había estado viviendo en un pequeño estudio de Staten Island para poder ahorrar y enviar dinero a su familia. Pero Eduardo, cuando lo supo, alquiló un estupendo piso de un dormitorio para ella en el centro de la ciudad. Recordó la alegría que había sentido al saberlo. Sintió entonces que de verdad le importaba. Pero después llegó a la conclusión de que lo había hecho para que estuviera más cerca del trabajo y pudiera pasar más horas en la empresa.

Se había pasado toda la semana guardando sus cosas en cajas. Había llamado a una compañía aérea, pero le habían dicho que no podía volar estando en tan avanzado estado de gestación.

—¿Viniste cuando yo estaba aquí? –le preguntó algo confusa.

—Sí, estabas en la cama –replicó Eduardo con dureza.

Se le hizo un nudo en la garganta.

—¡Ah! –exclamó.

Lo entendió entonces. Ella había estado durmiendo en su habitación y Brandon en el sofá.

—No me dijo nada. ¿Qué es lo que querías? ¿Por qué viniste a verme?

Eduardo no dejaba de mirarla con sus brillantes ojos negros. La miraba como si no la conociera.

—¿Por qué no me contaste que tenías un amante? ¿Por qué me mentiste?

—¡No lo hice!

—Me ocultaste su existencia. Le dejaste que viviera contigo en el piso que alquilé para ti y nunca lo mencionaste. Me hiciste creer que eras una persona leal.

—Me daba miedo decírtelo –le confesó ella–. Tienes una idea tan radical de la lealtad...

—Así que decidiste mentirme.

—No, nunca le pedí que se viniera a vivir conmigo. Me visitó por sorpresa.

Brandon aún había estado viviendo en Dakota del Norte cuando lo llamó para decirle que su jefe le había alquilado un piso. Al día siguiente, recibió su visita sorpresa. Según le había dicho entonces, le preocupaba la vida que Callie llevaba en la gran ciudad.

—Me echaba de menos y se iba a quedar solo hasta que consiguiera su propio piso, pero no pudo encontrar un trabajo y...

—Un hombre de verdad habría encontrado trabajo para poder mantener a su mujer, en vez de vivir de su indemnización por despido.

—¡Te equivocas! —exclamó ofendida—. ¡Las cosas no son así!

Durante su embarazo, Brandon había cocinado y limpiado. Le frotaba los pies cuando se le hinchaban y la acompañaba al médico. Se había portado como si aquel fuera su bebé.

—¡A lo mejor no lo sabes, pero en Nueva York escasean los trabajos para agricultores!

—Entonces, ¿por qué vino a esta ciudad? Y, ¿por qué se ha quedado aquí?

Comenzó a llover suavemente. Las gotas caían sobre la acera caliente y se evaporaban.

—Porque yo quería quedarme. Tenía la esperanza de encontrar otro trabajo —le dijo ella.

—Pero ahora has cambiado de opinión y quieres ser la esposa de un granjero.

—¿Qué quieres de mí, Eduardo? ¿Has venido solo para reírte de mí?

—¡Claro! ¡Perdona! Se me había olvidado comentártelo —repuso fingiendo inocencia—. Tu hermana me llamó esta mañana.

—¿Te llamó Sami? —le preguntó con voz temblorosa—. Y, ¿qué te ha dicho?

Esperaba que su hermana no hubiera tenido la osadía de traicionarla.

—Dos cosas muy interesantes —le dijo mientras se

acercaba aún más a ella–. Está claro que no me mintió con la primera. Te casas hoy.

–¿Y? –repuso sin poder dejar de temblar.

–Entonces, ¿lo reconoces?

–Llevo puesto un vestido de novia, no puedo negarlo. Pero, ¿a ti qué más te da? ¿Acaso estás molesto porque no te he invitado?

–Pareces algo nerviosa. ¿Me estás escondiendo algo, Callie? ¿Algún secreto? ¿Alguna mentira?

Sintió en ese instante una contracción que tensó los músculos de su vientre. Supuso que no eran contracciones de parto, sino contracciones Braxton-Hicks. Le había pasado lo mismo unos días antes y había ido directa al hospital, pero las enfermeras la habían mandado de vuelta a casa.

Aunque la contracción que estaba sintiendo en ese momento era más dolorosa. Se llevó una mano al vientre y otra a la espalda.

–No oculto nada –le dijo cuando se recuperó un poco.

–Sé que eres una mentirosa. Lo que no sé aún es hasta dónde estás dispuesta a llegar.

–Por favor –susurró ella–. No lo eches todo a perder.

–¿Qué es lo que podría echar a perder?

–Mi-mi... El día de mi boda.

–Claro, tu boda. Sé que solías soñar con ella –le recordó Eduardo–. ¿Es así como la imaginaste?

El vestido le quedaba grande, el corpiño lo adornaba un encaje barato y la tela era una mezcla de poliéster. Miró entonces sus flores marchitas y las dos viejas maletas que tenía detrás de ella.

–Sí –mintió ella en voz baja.

–¿Dónde está tu familia? ¿Dónde están tus amigos? –quiso saber Eduardo.

–Nos casamos en el Ayuntamiento –le dijo ella le-

vantando la barbilla desafiante–. Ha sido algo espontá-
neo. Así es mucho más romántico.

–Claro, a ti no te importa cómo sea la boda y lo
único que tendrá McLinn en mente será la luna de miel
–comentó él con incredulidad.

Pero no iba a haber luna de miel. Para ella, Brandon era
como un hermano. Pero no podía admitir ante Eduardo
que solo había amado a un hombre.

–Mi luna de miel no es de tu incumbencia –repuso
entonces.

–Bueno, supongo que esto te parecerá romántico.
Vas a casarte con tu amado y no te importa llevar un
vestido tan feo ni que se estén marchitando las flores de
tu ramo. Quieres casarte con él aunque no sea un hombre de verdad.

–¡Sea rico o pobre, Brandon es mucho más hombre
de lo que podrás llegar a serlo tú!

Los ojos de Eduardo la atravesaron. Apenas podía
respirar cuando la miraba así.

–¡Levántate! –le ordenó entonces.

–¿Qué?

–Tu hermana me dijo dos cosas. La primera era verdad.

Comenzó a llover con más fuerza en ese momento.

–Levántate –repitió él con impaciencia.

–¡No! Ya no soy tu secretaria ni tu amante. No tienes
poder sobre mí.

–¿Estás embarazada? –le preguntó mientras se le
acercaba aún más–. ¿Es mío el bebé?

Se quedó sin aliento al ver que lo sabía.

No podía creerlo. Su hermana la había traicionado y
se lo había dicho todo a Eduardo.

Sabía que Sami estaba enfadada, pero nunca la habría creído capaz de algo así.

Había hablado con ella el día anterior. En ese momento, había estado bastante nerviosa y asustada, con la sensación de estar a punto de cometer el peor error de su vida, y decidió contarle su plan. Se había enfadado mucho y la acusó de estar engañando a Brandon para que se casara con ella y ejerciera de padre de su bebé.

Sami creía que, aunque su exjefe fuera un cretino, merecía saber que iba a tener un hijo. Le había sorprendido ver que su propia hermana pensaba que estaba siendo egoísta y que sus decisiones iban a afectar a muchas personas.

—¿Lo estás? —insistió Eduardo con más dureza en su voz.

Sintió en ese instante otra fuerte contracción. Trató de usar la respiración para controlar el dolor hasta que pasara, pero no le sirvió de nada, le dolía demasiado.

—Muy bien. No respondas —le dijo Eduardo con frialdad—. De todos modos, no me creería ni una palabra que saliera de tu boca, pero tu cuerpo... —añadió mientras le acariciaba la mejilla y ella trataba de ignorar la corriente eléctrica que sintió por todo el cuerpo—. Tu cuerpo no miente.

Eduardo le quitó el ramo de flores y lo tiró al suelo. Tomó sus manos y tiró de ellas para levantarla. Se quedó de pie frente a él, temblando y sintiéndose más vulnerable que nunca.

—Así que es cierto, estás embarazada. ¿Quién es el padre?

—¿Qué? —balbuceó confusa.

—¿Es McLinn o lo soy yo?

—¿Cómo puedes insinuar...? —tartamudeó ella sonrojándose—. Sabes que era virgen cuando...

—Eso me dijiste, pero supongo que también eso era un engaño. A lo mejor, estabas esperando a casarte y, después de hacer el amor conmigo, fuiste a casa de tu novio y lo sedujiste para cubrirte las espaldas y tener una coartada si acababas quedándote embarazada.

–¿Cómo puedes decir eso? ¿Me crees capaz de algo tan repugnante? –le preguntó dolida.

–¿El niño es mío o de McLinn? –insistió con impaciencia–. ¿O es que no lo sabes?

–¿Por qué estás tratando de hacerme daño? –repuso ella–. Brandon es mi amigo, solo eso.

–Has estado viviendo con él durante un año. ¿Esperas que me crea que ha dormido en el sofá?

–¡No, nos hemos estado turnando!

–No me mientas más, ¡ha accedido a casarte contigo!

–Sí, pero solo porque es un hombre muy bueno.

–Claro –repuso Eduardo en tono burlón–. Por eso se casan los hombres, por bondad.

Se apartó de él. Le costaba respirar y tenía el corazón en la garganta.

–Mis padres no saben que estoy embarazada. Creen que vuelvo a casa porque no encuentro trabajo aquí –le explicó con los ojos llenos de lágrimas–. No puedo presentarme embarazada y soltera, nunca me lo perdonarían. Y Brandon es el mejor hombre que he conocido, va a...

–¡No quiero saber nada de él y tampoco me importa tu vida! –la interrumpió Eduardo–. ¿Es mío?

–Por favor, déjame, no me preguntes más –susurró ella–. No quieres saberlo. Deja que le dé un hogar, quiero cuidar de ella y que tenga una familia.

–¿Ella? –repitió Eduardo en voz baja.

–Sí, es una niña, ¿pero qué más te da? No quieres tener nada conmigo, me lo dejaste muy claro. Olvida que me conociste y...

–¿Te has vuelto loca? –gruñó él agarrándola por los hombros–. ¡No permitiré que otro hombre críe a una niña que podría ser mi hija! ¿Cuándo sales de cuentas?

Sonó de repente un trueno. El cielo estaba cubierto de nubes negras. Se sentía entre la espada y la pared, a punto de hacer algo que podía cambiarlo todo para siempre.

Si le decía la verdad, su hija no iba a tener la misma infancia feliz que había tenido ella, viviendo en el campo, jugando en el granero de su padre y sabiendo que todos la conocían y apreciaban en su pequeño pueblo. No quería que la niña tuviera unos padres que no se soportaban. Eduardo era tiránico y egoísta, pero no podía mentirle en algo tan importante.

—Salgo de cuentas el diecisiete de septiembre.

Eduardo se quedó mirándola fijamente.

—Si existe una mínima posibilidad de que McLinn sea el padre, dímelo ahora, antes de la prueba de paternidad. Si me mientes en algo así, pagarás por ello. ¿Lo entiendes?

Se quedó sin respiración. Sabía que su exjefe podía llegar a ser muy cruel.

—No esperaría otra cosa de ti —susurró ella.

—Te destruiré a ti, arruinaré a tus padres y sobre todo a McLinn. ¿Me estás escuchando? —insistió lleno de furia—. Así que mide tus palabras y dime la verdad. ¿Soy el...?

—¡Por supuesto! —explotó ella sin poder aguantarlo más—. ¡Por supuesto que eres el padre! Tú eres el único hombre con el que me he acostado.

Eduardo dio un paso atrás y se quedó mirándola fijamente.

—¿Cómo? ¿Que sigo siendo el único? ¿Pretendes que me lo crea?

—¿Por qué iba a mentirte? ¿Crees que me gusta la idea de que el bebé sea tuyo? —replicó ella—. Me habría encantado que Brandon fuera el padre. Es el mejor hombre del mundo y confío plenamente en él. Tú, en cambio, eres un mujeriego adicto al trabajo que no se fía de nadie y que ni siquiera tiene amigos de verdad...

Se calló al sentir que Eduardo apretaba con más fuerza sus hombros.

–No ibas a decirme lo del bebé, ¿verdad? –susurró él–. Ibas a robarme a mi propia hija y permitir que otro hombre fuera su padre. ¡Querías arruinarme la vida!

Sintió miedo al verlo tan fuera de sí, pero lo miró a los ojos.

–¡Sí! ¡Sabía que estaría mejor sin ti!

Se quedaron mirándose en silencio, como dos enemigos a punto de batirse en duelo.

Durante ocho meses, se había convencido de que Eduardo no quería ser padre. Le encantaba su vida de soltero y su trabajo. Un niño le impediría seguir con su vida y creía que no podría ser un buen padre. Pero una parte de ella siempre había sabido que no era cierto. Eduardo había sido un niño huérfano que había tenido que salir a los diez años de su España natal para vivir en Nueva York. Sabía que Eduardo Cruz quería ser padre, de quien podía prescindir fácilmente era de ella, no de un hijo o una hija.

Creía que eso era lo que le había asustado. Era un hombre rico y poderoso que podía llevarla a los tribunales y conseguir la custodia de su hija.

–Deberías habérmelo dicho en cuanto supiste que estabas embarazada.

–¿Cómo iba a hacerlo? Me despediste y no he sabido nada de ti hasta ahora.

–Eres lista. Si lo hubieras querido, habrías encontrado la forma de ponerte en contacto conmigo.

Sintió otra dolorosa contracción.

–¿Qué vas a hacer ahora que te he dicho la verdad? –le preguntó asustada.

Eduardo le sonrió con frialdad, alargó hacia ella la

mano y acarició su mejilla. A pesar de todo, no pudo evitar sentir una oleada de deseo recorriendo su traicionero cuerpo.

–Ahora que lo sé, vas a pagar por lo que me has hecho, querida –le dijo en voz baja.

Callie lo miró fijamente, no podía respirar ni pensar cuando él la tocaba. Se sentía atrapada.

Suspiró aliviada al ver que llegaba Brandon con el coche de alquiler. Eduardo se giró para ver quién era y susurró algo en español. Después, se agachó para recoger su bolso. Antes de que pudiera preguntarle qué estaba haciendo, agarró su brazo y tiró de ella.

–Ven conmigo –le ordenó.

Abrió la puerta de su elegante coche negro y le pidió a su chófer que pusiera en marcha el motor. Al darse cuenta de lo que estaba haciendo, trató de liberarse y apartarse de él.

–¡Suéltame ahora mismo!

Pero la mano de Eduardo parecía de acero. La obligó a sentarse en la parte de atrás y se subió al coche, sentándose a su lado. La miró entonces a los ojos.

–No voy a dejar que vuelvas a escapar con mi bebé.

A pesar de las circunstancias, la envolvió el aroma de su colonia. Le abrumaba su cercanía. Había imaginado situaciones parecidas durante los años que había estado trabajando para él y, muy a su pesar, seguía soñando muchas noches con él. El corazón le latía con fuerza.

–Vámonos –le dijo Eduardo a su chófer.

–¡No! –replicó ella mientras miraba hacia atrás.

Vio entonces a Brandon. Estaba de pie junto al coche de alquiler. Parecía angustiado.

–Déjame volver, por favor –le suplicó entre sollozos.

–No –repuso él con dureza.

–¡Esto es un secuestro!

–Llámalo como quieras.

–¡No puedes mantenerme así, en contra de mi voluntad!

–¿No puedo? –replicó Eduardo–. Te quedarás conmigo hasta que aclaremos el tema del bebé.

–Entonces, ¿soy tu prisionera?

–Al menos hasta que mis derechos paternos queden formalizados.

Se frotó la barriga para tratar de controlar el dolor de otra contracción.

–No puedo creer que me engañaras como lo hiciste –prosiguió Eduardo–. Pensé que eras una persona leal, pero ya he aprendido la lección.

–¿Qué lección? En cuanto me acosté contigo, pasé de ser tu secretaria de confianza a una de tantas chicas que desechabas cada noche. Después de todo lo que habíamos pasado juntos, ¿cómo pudiste tratarme igual que a las demás? ¿Por qué te acostaste conmigo?

–Estabas en el sitio apropiado en el momento adecuado, nada más –repuso Eduardo.

Sus palabras despedazaron aún más su corazón. Había estado muy enamorada de él y, cuando le entregó su virginidad aquella noche, había pensado que también él la amaba.

–Todas las mujeres creen que pueden cambiarme para que deje de ser un mujeriego.

–Supongo que nunca podrás fiarte de nadie lo suficiente como para que te importe de verdad. Te deshaces de las mujeres en cuanto consigues tu minuto de placer.

–Algo más de un minuto, si no recuerdo mal –susurró él con picardía–. ¿Lo has olvidado?

Se miraron a los ojos y sintió que se sonrojaba. Por desgracia para ella, recordaba cada detalle de esa noche tan apasionada y sensual. Eduardo había acariciado su inexperto cuerpo, le había quitado la ropa y besado cada centímetro de su piel, la había hecho gemir de placer, gritando su nombre mientras él lamía sus pechos y la besaba por todo el cuerpo. No podía olvidarlo.

–No sé cómo pude permitir que me sedujeras –murmuró enfadada consigo misma.

–¿Crees que yo te seduje? –repuso Eduardo con media sonrisa–. No fue así. Te echaste a mis brazos en cuanto te toqué. Pero, si así tienes más tranquila la conciencia, llámalo «seducción».

–¡Eres un...! –comenzó ella con indignación.

–Puedes insultarme todo lo que quieras –la interrumpió Eduardo–. Supongo que no le haría mucha gracia a McLinn saber lo que había pasado. Me parece increíble que estuviera dispuesto a casarse contigo cuando estás embarazada de otro hombre. Debe estar locamente enamorado.

–¡No está enamorado de mí! Es mi mejor amigo, nada más –insistió ella.

–Supongo que te sentirías muy culpable –le dijo mientras tomaba entre sus dedos un mechón de su melena castaña–. Tendrías remordimientos al echar a perder esa casta y aburrida relación de tantos años por una sola noche de pura pasión y lujuria conmigo.

Se apartó de él para que dejara de tocarla.

–Eres tan vanidoso que piensas que...

–¿Sabes por qué te traté como al resto? –le preguntó Eduardo–. Porque eres como las demás.

–¡Te odio!

Él soltó una carcajada al oírlo, pero sus ojos eran fríos como el hielo.

–Por fin encontramos algo en lo que estamos de acuerdo.

Dejó que cayeran libremente las lágrimas que había estado conteniendo. Se dio por vencida.

–Solo quería que mi bebé tuviera un buen hogar –susurró–. Pero ahora va a verse atrapada entre una madre y un padre que se odian y que ni siquiera están casados. La gente puede llegar a ser muy cruel. Le dirán que es ilegítima, una hija bastarda...

–¿Cómo? –replicó Eduardo mientras la miraba con incredulidad.

–Sentirá que su nacimiento no fue un acontecimiento feliz, sino una especie de accidente. Cuando, en realidad, nosotros somos los únicos culpables –le dijo llorando–. No quiero que sufra. Por favor, Eduardo, deja que me case con Brandon por el bien de la niña.

Él la miró durante varios minutos sin decir nada. Tenía los labios apretados en una fina línea.

De repente, se inclinó hacia delante para decirle algo en español al chófer. Después, sacó su teléfono móvil y habló con alguien en el mismo idioma. Lo hacía con demasiada rapidez para que ella pudiera entender siquiera de qué estaban hablando. Esperaba que sus últimas palabras lo hubieran convencido. Lo miró de reojo. Seguía siendo tan atractivo como lo recordaba.

Cuando terminó de hablar, Eduardo la miró. Había determinación en sus ojos oscuros.

–Tengo buenas noticias para ti, querida. Después de todo, te vas a casar hoy.

–¿Vas a llevarme de vuelta con Brandon? –le preguntó aliviada.

–¿Crees que dejaría que lo hicieras?

–Pero acabas de decir...

–Sé lo que he dicho y es verdad. Te vas a casar hoy –le dijo Eduardo con una sonrisa tan fría como el hielo–. Conmigo.

Capítulo 2

CALLIE se quedó sin aliento al oírlo. Le parecía surrealista casarse con Eduardo. Era el padre de su bebé, pero también su exjefe, el hombre al que más despreciaba en ese mundo.

Lo miró fijamente, esperando que se explicara.

—No entiendo la broma —le dijo.

—No es ninguna broma.

—¡Por supuesto que lo es!

Eduardo tomó su mano izquierda y miró su anillo de compromiso. Tenía un diamante microscópico.

—No, Callie, este anillo sí que es una broma.

—El anillo es un símbolo de fidelidad, no me extraña que no te guste.

—Tendrás uno de verdad.

—¡No me pienso casar!

—Claro, se me olvidó que eras una romántica. Tendré que hacer las cosas bien —le dijo con sorna.

Se quedó horrorizada al ver que tomaba su mano y se ponía de rodillas en el coche.

—Querida, querida mía, ¿me harías el gran honor de convertirte en mi esposa?

Aunque estaba furiosa, sintió una oleada de calor por todo su cuerpo y se le aceleró el pulso.

—¡Déjame en paz! —exclamó mientras apartaba sus manos.

—Me tomaré eso como un sí —repuso él.

La lluvia repiqueteaba sobre el techo del coche y los

rodeaban las bocinas de otros vehículos y el ruido de la ciudad.

Acababa de darse cuenta de que Eduardo le hablaba en serio, quería casarse con ella.

—¡Pero tú no te quieres casar! ¡Se lo has dicho a todas las mujeres con las que has estado!

—Siempre he tenido la intención de casarme con la madre de mis hijos.

—Sí, pero tu idea había sido casarte con esa rica duquesa española.

—Los planes cambian —repuso Eduardo—. Estás embarazada de mí y tenemos que casarnos.

Lo dijo como si fuera un castigo para él y le dolió. Levantó la barbilla con orgullo.

—Vaya, gracias —le dijo con sarcasmo—. Estoy conmovida. Hace cinco minutos, me acusaste de no saber quién era el padre y me llamaste «mentirosa». ¿Y ahora quieres casarte conmigo?

—Me he dado cuenta de que ni siquiera alguien como tú me mentiría en algo así. Me ha quedado muy claro que la verdad te repugna.

—Es cierto, es tu hija, pero no pienso convertirme en tu esposa.

—¡Qué raro! Cuando te encontré frente a tu casa estabas dispuesta a casarte.

—¡Con Brandon! Alguien a quien quiero mucho y en quien confío plenamente.

—No quiero oír hablar más de él —repuso Eduardo algo aburrido—. Tu amor te ciega.

—No es un hombre rico, pero es bueno y sería un padre maravilloso. Mucho mejor que...

Se quedó callada cuando sintió una dolorosa contracción que arqueó todo su cuerpo.

—¿Es mucho mejor que yo? —terminó Eduardo por ella—. Yo no soy lo suficientemente bueno para ser su padre. Esa fue tu excusa para mentirme y casarte con tu amante.

–¡No es mi amante!

–A lo mejor no lo es físicamente, pero lo amas y estabais a punto de robarme a mi hija. ¿Cómo puedes acusarme de ser despiadado, de no tener corazón? –le preguntó con desprecio.

Callie contuvo la respiración cuando sintió un nuevo dolor en el vientre. Faltaban dos semanas y media para que saliera de cuentas, pero empezaba a darse cuenta de que esas contracciones eran demasiado seguidas y fuertes, no se parecían a las Braxton-Hicks de la semana anterior.

Se le pasó por la cabeza que pudiera estar de parto, pero no le parecía posible. Respiró profundamente para calmarse. Creía que estaba así por culpa del estrés del momento.

Se puso de lado en el asiento para tratar de encontrar una postura más cómoda que le aliviara el dolor punzante que sentía en la parte baja de la espalda.

–No quieres a este bebé ni quieres una esposa. Es el orgullo masculino lo que te lleva a...

–¿Eso crees?

–Sí, no quieres casarte conmigo. Acabas de saber lo del bebé y no has tenido tiempo para pensar en lo que significa tener un hijo y criarlo. Una familia implica muchos cambios y sacrificios.

–¿Crees que no sé cómo se siente un niño que se ve abandonado por sus padres, solo y sin casa?

Callie cerró la boca de golpe. Se dio cuenta de que Eduardo lo sabía perfectamente.

–Yo podría darle a nuestro bebé un hogar maravilloso –susurró ella.

–Sé que lo harás –repuso él–. Lo sé porque soy su padre y le daré ese hogar.

Se dio cuenta de que no había forma de ganar esa guerra. Eduardo no iba a renunciar a sus derechos como padre.

–Entonces, ¿qué deberíamos hacer? –preguntó ella completamente perdida y desolada.

–Ya te lo he dicho, vamos a casarnos.

–Pero no puedo ser tu esposa –le dijo con voz temblorosa–. No-no te amo.

–Estupendo, ese santo de McLinn puede quedarse con todo tu amor. A mí me basta con tu cuerpo y tu voto de fidelidad.

–¿De verdad quieres casarte conmigo?

A pesar de todo, no podía olvidar tantos sueños románticos de los que Eduardo había sido el protagonista. Se había imaginado muchas veces que él la tomaba en sus brazos y le decía que había cometido el peor error de su vida dejándola marchar.

–¿Para siempre?

Eduardo se echó a reír. Era un sonido cruel, casi desagradable.

–¿Casarme contigo para siempre? No. No quiero que mi vida sea un infierno ni estar encadenado a una mujer en la que nunca podría confiar. Nuestro matrimonio durará el tiempo suficiente para dar a nuestra hija un apellido.

–Entiendo... –susurró ella con el ceño fruncido–. ¿Como un matrimonio de conveniencia?

–Llámalo como quieras.

Empezó a considerar la posibilidad un poco más seriamente por el bien de la niña.

–Entonces, ¿sería durante una semana o dos?

–Digamos tres meses. Lo suficiente como para que parezca un matrimonio de verdad. Además, será mucho más sencillo para todos que vivamos en la misma casa durante los primeros meses del bebé.

—Pero, ¿dónde viviríamos? Ya ha terminado mi contrato de alquiler y tú vendiste la casa que tenías en el Village.

—Acabo de comprarme un piso en el Upper West Side —le contestó Eduardo.

No podía creerlo.

—Decidiste regresar a Nueva York porque pensabas que ya no vivía aquí, ¿verdad?

—Lo compré como una inversión. Pero sí, has acertado.

—Esto no va a funcionar —le dijo ella con el corazón en la garganta.

—Tendrá que funcionar.

Respiró profundamente. No sabía si sería algo bueno para su bebé, como aseguraba Eduardo, o si la convivencia empeoraría aún más su relación.

—Pero, ¿y si acaba todo con un divorcio complicado, lleno de acusaciones y peleas? Eso no beneficiaría a nadie y sería peor aún para mi bebé.

—Nuestro bebé —la corrigió Eduardo—. Acordaremos los términos del divorcio en el acuerdo prenupcial. Así, sabremos desde el principio cómo va a terminar todo.

—¿Vamos a planear nuestro divorcio antes de casarnos? Me parece muy triste...

—No es triste. Es una solución civilizada y lo mejor que podemos hacer. Y, como no hay amor, no habrá ningún tipo de resentimiento cuando nos separemos.

Serían tres meses. Callie trató de imaginar cómo sería vivir en casa de Eduardo. Ya no era la niña ingenua y confiada que se había enamorado de él, pero sabía que aún tenía poder sobre ella. Su traidor cuerpo seguía deseándolo aunque sabía que no era bueno para ella.

—¿Y si me niego? —susurró—. Podría salir del coche, parar un taxi y volver con Brandon.

—Si eres tan egoísta como para anteponer el deseo de

estar con tu amante por encima de los intereses de nuestra hija, no tendré más remedio que cuestionar tus aptitudes como madre y pedir ante un juez la custodia completa. Tengo dinero y el mejor despacho de abogados de la ciudad a mi disposición. Perderías.

Sintió otra contracción y esa vez el dolor fue tan profundo y duró tanto que cerró los ojos mientras trataba de controlar la respiración.

—¿Acaso me estás amenazando? —le preguntó ella.

—No, solo te digo cómo van a ser las cosas si te niegas.

—Ya hemos llegado, señor —anunció el conductor mientras aparcaba.

Callie miró por la ventana y vio que estaban frente a los juzgados. Había estado allí el día anterior para pedir una licencia de matrimonio. Le parecía una locura abandonar a su mejor amigo para casarse con Eduardo. Pero si se negaba, podía perder a su hija para siempre.

—Entonces... Después del divorcio, ¿compartiremos la custodia?

—Si me demuestras que nuestra hija te importa más que tu amante y que eres buena madre, seguro que podremos llegar a un acuerdo —le dijo Eduardo con una fría sonrisa—. Tienes treinta segundos para decidirte —añadió con más dureza mientras el chófer les abría la puerta.

Se quedó mirándolo con las manos sobre el vientre. Lo que más le importaba era proteger a su pequeña. Nunca se había sentido tan atrapada ni tan enfadada.

—Supongo que no tengo otra opción —susurró con voz temblorosa.

—Ya sabía yo que entrarías en razón —repuso Eduardo con sorna mientras salía del coche y le ofrecía la mano—. Vamos, mi prometida, nos esperan —añadió.

Le daba miedo tocarlo, pero no le quedó más remedio que hacerlo. Tenía una mano grande y cálida que envolvió por completo la de ella.

Recordó entonces cuándo había tocado por primera vez esa mano.

El director general de Petróleos Cruz estaba visitando los yacimientos de Bakken, en Dakota del Norte. Callie trabajaba como representante local de la empresa. Los presentaron en cuanto Eduardo bajó de su helicóptero y le impresionó mucho su presencia y su elegante traje negro.

–Me han dicho que dirige la oficina local y que hace el trabajo de cuatro personas –le había dicho Eduardo con una sonrisa que iluminó su atractivo rostro–. Me vendría muy bien una ayudante como usted en Nueva York.

La había deslumbrado por completo con su mirada y con el calor de su mano.

Creía que lo había amado desde ese primer momento, pero todo había cambiado desde entonces. Eduardo no parecía el mismo. Su rostro reflejaba más dureza y apenas sonreía. Había más arrugas en torno a sus ojos. A los treinta y seis años, era aún más despiadado y poderoso de lo que recordaba. Su belleza masculina era impresionante. Miró sus ojos negros y se echó a temblar. Sabía que no le resultaría difícil caer de nuevo en su hechizo.

–Serás mía, Callie. Solo mía –le dijo mientras colocaba uno de sus mechones tras su oreja.

No pudo evitar estremecerse al sentir el contacto. No podía moverse, estaba perdida en su mirada y en los recuerdos. Durante años, había vivido para él, solo para él.

Alguien tosió tras ella y rompió el hechizo. Se dio la vuelta y vio a Juan Bleekman, el abogado con el que solía trabajar Eduardo.

–Hola, señorita Woodville –la saludó en un tono completamente inexpresivo.

–Hola... –tartamudeó ella mientras se preguntaba qué haría allí.

–Lo tengo todo, señor Cruz –le dijo el abogado a su exjefe mientras le entregaba un sobre.

Eduardo lo abrió y leyó por encima los documentos durante varios minutos.

–Bien –repuso después mientras se los entregaba a Callie–. Fírmalo.

–¿Qué es eso? –le preguntó ella.

–Nuestro acuerdo prenupcial –le contestó Eduardo.

–¿Qué? ¿Cómo puede estar ya listo?

–Le pedí a Bleekman que comenzara a elaborarlo en cuanto hablé con tu hermana esta mañana.

–Pero entonces ni siquiera sabías si era verdad lo del bebé. ¿Cómo podías estar pensando ya en casarte conmigo? –protestó Callie.

–Me gusta estar preparado.

–Sí –repuso ella frunciendo el ceño–. Para asegurarte de que vas a salirte con la tuya.

–Lo único que me interesa es mitigar los riesgos –le dijo Eduardo–. Firma ya.

Callie revisó el acuerdo prenupcial. Empezó a leer el primer párrafo. Calculó que iba a tardar al menos una hora en leerlo todo. No sabía qué hacer. Vio la cantidad de dinero que Eduardo iba a darle como pensión alimenticia y manutención de su hija.

–¿Estás loco? ¡No quiero tu dinero!

–Mi hija va a crecer en un hogar seguro y cómodo. No quiero que el dinero sea una preocupación –comentó Eduardo con impaciencia–. ¿Es que piensas leer cada palabra?

–Por supuesto que sí –repuso ella con firmeza–. Te conozco, Eduardo. Sé cómo...

No pudo terminar de hablar, se lo impidió el fuerte dolor de otra contracción. Cada vez eran más fuertes. Fue entonces cuando se dio cuenta de que estaba de parto. El bebé estaba en camino. Puso una mano sobre su vientre y exhaló muy despacio.

–¿Qué te pasa? –le preguntó Eduardo.

Su voz había cambiado y la miraba con preocupación. Sus ojos volvían a ser cálidos, tal y como los recordaba. El corazón le dio un vuelco en el pecho al verlo así. Podía soportar su frialdad e incluso sus crueles palabras, pero no su preocupación ni su bondad. Tenía un nudo en la garganta y le costaba contener las lágrimas.

–Nada –mintió ella–. Solo quiero terminar con esto cuanto antes.

Tomó el bolígrafo y garabateó su firma en todas las páginas del acuerdo. Le devolvió entonces los papeles y trató de concentrarse en su respiración.

Tenía que inhalar y exhalar, inhalar y exhalar... Intentó que el dolor fluyera sin luchar contra él ni tensar los músculos, pero era imposible. Se dio cuenta entonces de que las clases de preparación al parto eran inútiles, no le iban a servir para nada.

–No lo has leído –le dijo Eduardo algo desconcertado–. No es propio de ti.

Estaban en medio de la ciudad más bulliciosa del mundo, pero no podía oír ni ver nada.

–Callie, ¿qué es lo que te pasa? –insistió Eduardo mientras le tocaba el hombro.

Tenía tantos dolores que no podía hablar.

–Que te odio, eso es lo que me pasa –replicó ella de mala manera.

Se apartó de él todo lo que pudo. Se sintió algo mejor cuando pasó la contracción.

–Acabemos con esta parodia de boda de una vez por

todas –le dijo ella yendo hacia las escaleras de los juzgados.

–Está bien –repuso él siguiéndola.

Ya no parecía preocupado. Se le adelantó para abrir
la puerta y vio que su mirada volvía a ser dura y fría
otra vez. Se alegró. No podía soportar su ternura, ni en
sus ojos ni en su voz.

Le temblaban las piernas, pero recordó que solo serían tres meses. Después, sería libre.

Veintidós minutos más tarde, salieron Eduardo, el
abogado y ella con la licencia. Lo sabía con exactitud
porque había empezado a cronometrar sus contracciones con el reloj.

–Lo he organizado todo para que nos casemos hoy
mismo en mi casa –le dijo Eduardo con frialdad mientras le abría la puerta del coche.

No pudo entrar, se lo impidió otra fuerte contracción. Jadeando, agarró el brazo de Eduardo.

–No creo que pueda –susurró ella.

–Es demasiado tarde para que te eches atrás.

–Creo que... Creo que estoy de parto...

–¿Estás de parto? –repitió mientras la miraba a los
ojos.

Callie asintió con la cabeza. El dolor era insoportable, las piernas no la sostenían...

Pero los fuertes brazos de Eduardo impidieron que
se cayera al suelo. Fue tan agradable sentirse segura
contra su pecho que le entraron ganas de echarse a llorar.

–¿Cuánto tiempo llevas así? –le preguntó él.

–Todo el día... Eso creo...

–¡Por el amor de Dios, Callie! –exclamó enfadado–.
¿Por qué tienes que esconderlo todo?

Le dolía demasiado para contestar.

–¡Sánchez! –gritó Eduardo a su chófer–. ¡Ayúdame!

La metieron entre los dos en el asiento trasero. Eduardo tomó sus manos entre las de él.

–¿A qué hospital, Callie? ¿Cómo se llama tu médico? –le preguntó con urgencia.

Se lo dijo y Eduardo repitió la información a su conductor, ordenándole que fuera muy deprisa.

–No te preocupes, querida –le dijo él mientras le acariciaba el pelo–. Llegamos enseguida.

Pero Callie no era consciente de nada, solo de su dolor. El chófer voló por las calles de Nueva York, tomando deprisa las curvas y tocando la bocina de vez en cuando. Cuando se detuvo, la puerta del coche se abrió de golpe y Eduardo le gritó a alguien que su mujer necesitaba ayuda.

–Aún no soy tu mujer –susurró ella mientras la metían en el hospital.

Una enfermera la llevó a una sala para examinarla y ponerle un camisón del hospital. Eduardo esperaba en el pasillo, gritando como un loco a alguien al otro lado del teléfono.

–Ya has dilatado seis centímetros –le dijo sorprendida la enfermera–. Ya viene el bebé. Vamos a llamar a tu médico y llevarte a tu habitación. Es demasiado tarde ya para ponerte anestesia.

–No importa, solo quiero que mi bebé esté bien.

Comenzó otra contracción mientras la llevaban a su habitación, cada una era peor que la anterior. Se levantó de la silla para ir a su cama y sintió de repente náuseas.

Eduardo se le acercó rápidamente, tomó la papelera y la colocó frente a ella justo a tiempo. Cuando pasó el dolor, se sentó en la cama del hospital y se echó a llorar. Estaba así por el dolor, por miedo y por tener que verse en esa situación tan vulnerable frente a Eduardo Cruz.

–¡Ayúdela! –le gritó él a la enfermera–. Tiene muchos dolores.

–Lo siento –repuso la mujer con una sonrisa comprensiva–. No hay tiempo para anestesia. Pero no se preocupe, el médico ya viene para...

Eduardo maldijo entre dientes, fue hasta la puerta y se asomó al pasillo por tercera vez.

–¡Gracias a Dios! –exclamó Eduardo poco después–. ¿Por qué has tardado tanto?

Entró entonces en la habitación con un señor de cierta edad y amable sonrisa.

–¡Este no es mi doctor! –exclamó ella.

Eduardo se le acercó y se arrodilló junto a la cama.

–Lo sé. Viene para casarnos, Callie –le explicó él.

–¿Ahora? –exclamó con impaciencia.

–¿Acaso es mal momento? –repuso Eduardo con media sonrisa mientras le apartaba de la cara su pelo empapado en sudor–. ¿Estás ocupada?

–¿Está autorizado para casar a la gente? –le preguntó con suspicacia al hombre.

–Es uno de los jueces de la Corte Suprema de Nueva York, Callie –repuso Eduardo riéndose.

–Pero, ¿no hay que esperar veinticuatro horas después de conseguir la licencia?

–Ya lo ha arreglado todo –le dijo su prometido.

–Siempre te sales con la tuya, ¿no? –se quejó ella.

Eduardo se inclinó sobre la cama del hospital y le besó su frente sudorosa.

–No –le dijo en voz baja–. Pero esta vez sí –añadió mirando al juez–. Estamos listos.

–El doctor llegará en cualquier momento –les advirtió la enfermera.

–Entonces, haré la versión rápida –repuso el juez mientras le guiñaba un ojo a la regordeta enfermera–. ¿Quiere ser testigo de la boda?

–De acuerdo –repuso la mujer con cierto rubor–. Pero que sea rápido.

–Muy bien. Estamos reunidos aquí, en esta habitación del hospital para casar a este hombre y a esta mujer. Eduardo Jorge Cruz, ¿acepta a...? ¿Cómo te llamas,
querida?

–Calliope –respondió Eduardo con impaciencia–.
Calliope Marlena Woodville.

–¿En serio? Lo siento, querida.

–Era el nombre de la protagonista en la telenovela
favorita de mi madre –explicó ella.

–Ahora lo entiendo –repuso el juez–. Eduardo Jorge
Cruz, ¿aceptas a Calliope Marlena Woodville como tu
legítima esposa?

–Sí, la acepto –contestó Eduardo.

Callie sintió otra contracción y se agarró a la camisa
de Eduardo.

–¡Date prisa, por favor! –le espetó su prometido al
juez con malos modos.

–Calliope Woodville, ¿prometes amar a Eduardo Jorge
Cruz hasta que la muerte os separe?

Eduardo la miró con sus ojos oscuros. Siempre había
soñado con ese momento y estaba sucediendo de verdad, pero sabía que todo era mentira.

–¿Callie? –le susurró Eduardo para que contestara.

–Sí –contestó ella con voz temblorosa.

Eduardo suspiró aliviado, como si hubiera temido
que ella se negara.

–Bueno, veo que tu novia ya tiene puesto el anillo
–comentó el juez frunciendo el ceño–. Me sorprende que
le hayas regalado un diamante tan pequeño, Eduardo.

Se dio cuenta entonces de que aún llevaba el anillo
de compromiso de Brandon. Horrorizada, trató de qui-
társelo, pero tenía el dedo hinchado y no pudo.

–Lo siento, se me olvidó...

Sin decir una palabra, Eduardo consiguió quitarle el
anillo y lo tiró a la basura.

–Te compraré un anillo –le dijo con firmeza–. Uno digno de mi esposa.

–No te molestes –repuso ella con una débil sonrisa–. Nuestro matrimonio será tan breve que en realidad no importa.

Afortunadamente, el juez no entendió sus palabras.

–Bueno, chicos, dejaremos de lado la parte del anillo y saltaremos al final –intervino el juez con jovialidad–. Os declaro marido y mujer. Eduardo, puedes besar a la novia.

Callie se quedó sin aliento al oírlo, había olvidado esa parte.

Eduardo se volvió hacia ella y sus ojos se encontraron. Poco a poco, se inclinó hacia ella y se le olvidaron todos los dolores. Notó que dudaba un segundo cuando se vio a un par de centímetros de su boca. Podía sentir el calor de su aliento contra la piel.

La besó entonces y sintió un escalofrío por todo su cuerpo. Sus labios eran cálidos y suaves. Duró solo un instante, pero cuando Eduardo se apartó, ella se quedó temblando.

–Bueno, enhorabuena, chicos –les dijo el juez–. Ya estáis casados.

No podía creerlo. Se había casado con Eduardo, era su esposa. Aunque no podía olvidar que solo serían tres meses, el acuerdo prenupcial lo dejaba muy claro.

Se tensó cuando sintió el golpe de otra contracción. Era un dolor insoportable. Abrió la boca y reprimió un grito al ver entrar a su médico.

Echó un vistazo a los monitores que tenía conectados al vientre y la examinó. Después, le dedicó una sonrisa.

–Para ser primeriza, se te da muy bien, Callie. Es hora de empujar –le dijo.

Asustada, buscó la mano de Eduardo y lo miró con ojos suplicantes.

–Callie, estoy aquí –le recordó mientras tomaba sus manos–. No me voy a ninguna parte.

Gimiendo, se concentró en sus ojos negros y se dejó llevar por ellos.

Empezó a empujar cuando se lo indicó el médico. Nunca había sentido tanto dolor. Se agarró a las manos de su flamante marido con todas sus fuerzas, pero Eduardo no se inmutó y no se separó de ella. Estaban rodeados de enfermeras que no paraban de moverse, pero ella solo tenía ojos para él. Eduardo era su punto focal. No dejó de mirarlo y él tampoco lo hizo.

Y al final, el dolor valió la pena cuando le colocaron en sus brazos una preciosa y sana niña de tres kilos de peso. La miró asombrada, era su hija. Era el peso más dulce que había sentido sobre su pecho. La abrazó y la niña la miró parpadeando.

Inclinándose sobre las dos, Eduardo besó su frente sudorosa y después la cabeza del bebé. Fue un momento perfecto, estaban ajenos al personal médico que seguía trabajando a su alrededor.

–Gracias, Callie, por el regalo más bonito que me han hecho nunca –susurró él mientras acariciaba la mejilla del bebé–. Una familia –agregó mirándola con ojos oscuros y brillantes.

Capítulo 3

EDUARDO Cruz siempre había querido formar una familia diferente a la que había tenido. Soñaba con un hogar alegre y caótico, lleno de niños. No quería vivir solo.

Tenía el dinero suficiente para asegurarle un futuro confortable a sus hijos, pero lo que más le había importado siempre era que crecieran con sus dos padres, unas personas responsables y cariñosas que no serían tan egoístas como para abandonar a sus propios hijos.

No había visto una familia feliz de verdad hasta los diez años. Lo recordaba perfectamente. Había sido en la tienda de comestibles de su pequeña y pobre aldea en el sur de España. Un elegante coche negro se había detenido en el camino y entró en la tienda un hombre de aspecto muy distinguido y rico. Lo habían seguido su esposa y sus hijos.

Mientras el hombre le preguntaba al tendero cómo ir a Madrid, Eduardo observó a la mujer y a sus dos hijos pequeños. Le pidieron un helado y ella no les gritó ni abofeteó. Se había limitado a abrazarlos y a acariciar su pelo. El hombre sacó la cartera para comprarles los helados.

Después, susurró algo a su esposa y rodeó su cintura con el brazo.

Se quedó mirándolos estupefacto hasta que volvieron a meterse en su lujoso coche y se alejaron por el polvoriento camino.

–¿Quiénes eran? –había preguntado él.

–Los duques de Quijota. Los he reconocido por los periódicos –le había contestado el viejo tendero muy impresionado por la visita–. Pero, ¿qué estás haciendo tú aquí? Ya les he dicho a tus padres que no se os fía más.

Lo agarró por el cuello de la chaqueta y sacó de su bolsillo tres barras de helado.

–¿Ibas a robarme? ¡Supongo que no podría esperar otra cosa de alguien de tu familia!

Se había sentido humillado. Tenía hambre y no había comida en casa, pero no los había robado por eso. Le habían echado ese día de la escuela por pelearse, pero su padre no le había preguntado qué había pasado. Se limitó a darle una bofetada. Había estado demasiado borracho para hacer nada más. Su madre llevaba tres días sin pisar la casa. Los chicos de la escuela se habían burlado de él, diciéndole que ni siquiera su madre lo quería.

Cuando había visto a esa familia comiendo helados, había tenido la absurda idea de que, si llevaba algo así a su casa, también en su familia se tratarían con cariño.

Tiró al suelo los helados y salió corriendo. No paró hasta llegar a casa. Y fue entonces cuando se encontró a su padre...

Pero Eduardo prefería no pensar en esas cosas. Miró a su alrededor. Tenía un lujoso coche e incluso chófer. Se le humedecieron los ojos al mirar a su bebé. Solo tenía dos días de edad y dormía tranquilamente en su capazo mientras Sánchez los llevaba a casa desde el hospital. Sabía que su infancia iba a ser diferente, mucho mejor.

No iba a permitir que el egoísmo de los adultos destruyera su felicidad. Pensaba protegerla a toda costa y hacer cualquier cosa por ella, incluso seguir casado con su madre.

Miró a Callie de reojo. Había creído que ella era la única persona en la que podía confiar, pero ella lo había mentido a la cara durante años. Y no solo a él.

Pocas horas después del nacimiento del bebé, Callie había llamado a su familia para contarles que estaba casada y que había tenido una niña.

Se había negado a hablar con su hermana y no había parado de llorar mientras hablaba con su madre. Había sido difícil verla así y, cuando oyó que su padre le estaba gritando, le arrebató el teléfono. Su intención había sido calmar al hombre, pero no lo consiguió.

Frunció el ceño al recordar las palabras de Walter Woodville. Se había dado cuenta de que era un tirano. No le extrañaba que Callie se hubiera acostumbrado a no contarle nada a nadie.

Miró de nuevo a la niña y sintió cómo se calmaba su corazón. Llevaba dos días contemplando sus dedos diminutos, sus mejillas regordetas y sus largas pestañas. Le encantaba cómo fruncía inconscientemente su boca para chupar, incluso mientras dormía.

Respiró profundamente. Le costaba creerlo, pero era verdad. Tenía una hija y una esposa. Se había casado con Callie para dar un nombre a su bebé, pero no se ponían de acuerdo en uno.

–María –le dijo de repente mientras miraba a Callie.

Ella se volvió bruscamente. Sus ojos verdes brillaban como esmeraldas al sol.

–Ya te he dicho que no. No voy a darle el nombre de la esposa con la que soñabas casarte.

Lamentó haberle contado a la que entonces era su secretaria que siempre había soñado con llegar a ser el esposo de María de Leandros, la hermosa duquesa de Alda.

–María es un nombre muy común en mi país. Era también el de mi tía abuela...

–¡Ya te he dicho que no!

–No tienes motivos para estar tan celosa. Nunca lle-gué a acostarme con María de Leandros.

–Una suerte para ella –repuso Callie cruzándose de brazos–. Mi hija se llamará Soleil.

Cada vez estaba más furioso. Deseaba darle el nom-bre de su tía María, la mujer que lo había acogido en Nueva York y había trabajado muy duro para mante-nerlo. Después, cuando estuvo trabajando en una gaso-linera de Brooklyn mientras iba al instituto, ella lo había apoyado para que no se desanimara y pensara que ese trabajo podía llegar a ser un punto de partida.

Después de que muriera su tía, pasó de conducir el camión de la gasolina a ser propietario de una pequeña empresa de distribución de hidrocarburos. A los veinti-cuatro años, la vendió y se dedicó a excavar pozos pe-troleros en lugares insospechados. Su primer gran ha-llazgo había sido en Alaska y después en Oklahoma. Desde entonces, Petróleos Cruz se había convertido en una multinacional con perforaciones por todo el mundo.

Quería rendir homenaje a su tía, pero Callie no daba su brazo a torcer.

–¡Estás siendo irracional! –le dijo enfadado.

–Tú eres el que no se atiende a razones. Decidí su nombre hace meses, tú ya vas a darle tu apellido. No voy a cambiar ahora solo porque se te antoje que tiene que llamarse María.

–¿De dónde has sacado ese nombre? ¿De una tele-novela como hizo tu madre contigo?

–Déjame en paz –replicó ella mientras apartaba la mirada.

Se quedaron unos minutos en silencio. Eduardo res-piró hondo y apretó los puños. No había conocido a na-die tan terco como su esposa.

–Callie...

Pero vio que tenía los ojos cerrados y la cabeza apoyada contra la ventanilla. Le sorprendió ver que se había quedado dormida en medio de una discusión.

Observó su hermoso rostro. No llevaba maquillaje, nunca lo hacía, pero su belleza natural siempre lo había fascinado, igual que unas curvas que no había podido olvidar.

Durante eso últimos meses, había tratado de olvidar su belleza, pero la realidad lo abrumó al tenerla tan cerca en esos momentos. Creía que su esposa era la mujer más deseable del mundo.

Se le hizo un nudo en la garganta. Callie había dado a luz sin anestesia. Le parecía increíble que pudiera ser tan valiente y fuerte. Él había dormido en una silla junto a su cama, pero ella apenas había podido descansar. Al bebé le había costado empezar a mamar y Callie había tenido que darle el pecho muy a menudo, casi cada hora. Le había ofrecido su ayuda o la de las enfermeras, pero Callie quería hacerlo todo ella sola.

—Es mi bebé –le había susurrado con gesto cansado–. Me necesita.

Muy a su pesar, volvía a sentir admiración y respeto por esa mujer, algo que no habría creído posible. Sentimientos que Callie nunca había tenido hacia él, de eso estaba seguro.

—He oído hablar de ti –le había dicho Walter Woodville dos días antes–. ¿Esperas acaso que te dé las gracias por hacer lo que tenías que hacer y casarte con mi hija?

—Señor Woodville, entiendo cómo se siente, pero seguro que puede ver...

—¿Lo entiendes? ¡Sedujiste a mi hija! ¡La usaste y te deshiciste de ella! –lo acusó el hombre–. Y, cuando te enteraste de que estaba embarazada, no viniste a pedirme su mano. ¡Te limitaste a llevártela sin más! ¡Me has robado a mi hija!

–He aceptado mi responsabilidad y voy a encargarme tanto de Callie como de la niña.

–¡Responsabilidad! –le había espetado Walter con desprecio–. Solo puedes ofrecerle dinero. Puede que seas el dueño de casi todo mi pueblo, pero sé qué clase de hombre eres. Nunca podrás ser un buen esposo ni un buen padre.

Y, para su sorpresa, le colgó el teléfono en ese instante. Nadie solía hablarle en esos términos, pero había visto que ese hombre no le tenía miedo. Suponía que Callie le habría hablado de él.

Le parecía increíble que hubiera llegado a confiar tanto en ella. La había deseado desde el principio, pero Callie Woodville era una parte esencial en su empresa y en su vida. Por eso había decidido no hacer nada al respecto. Al menos hasta la fiesta de Nochebuena.

Recordó lo aburrido que se había sentido. Era su propia fiesta de Navidad y lo rodeaban los ejecutivos de Petróleos Cruz, los miembros del consejo y sus bellas y jóvenes esposas.

Los hombres iban de esmoquin y las mujeres lucían sus mejores galas. Unos hablaban de los pozos descubiertos en Colombia y otros de los últimos caprichos que se habían comprado.

No sabía por qué, pero se había sentido de repente perdido, fuera de lugar.

Tenía todo lo que siempre había querido. Lo controlaba todo y era fuerte, pero estaba solo.

Fue entonces cuando la vio al otro lado del salón. Llevaba un vestido sencillo y modesto. La deslumbraron de repente sus ojos del color de las esmeraldas. Sintió que nada era real ni cálido en ese salón de baile. Y nada importaba. Solo ella.

Se había disculpado y despedido rápidamente del hombre con el que había estado charlando. Fue directamente a donde estaba ella y, sin decir nada, tomó su mano y salió del salón. No se resistió cuando vio que la sacaba del hotel. Sin querer esperar a su limusina, había parado un taxi para que los llevara a su casa. Pocos minutos después, estaban en su cama.

Allí le había hecho el amor toda la noche, le había arrebatado su virginidad y se había aferrado a ella como si Callie fuera su tabla de salvación. Nunca había sentido nada igual y de esa noche de pasión había nacido un bebé. Tenía una hija y una esposa.

La miró con los ojos entrecerrados. Seguía durmiendo.

Walter Woodville lo había acusado de seducir a su hija, pero creía que era Callie la que lo había seducido a él con su inocencia, con su calidez y con su fuego.

Pero se había dado cuenta poco después de que en realidad era una mentirosa y no iba a poder volver a confiar en ella.

Lo único que le importaba era su hija. Tenía el cabello oscuro, como él. Había sabido que de verdad era suya antes incluso de que se lo confirmara una prueba de paternidad esa mañana.

Le estremecía pensar que, si Sami Woodville no lo hubiera llamado para contarle la verdad, su hija estaría viviendo en Dakota del Norte y Brandon McLinn sería su padre.

Aunque estuviera enamorada de otro hombre, le costaba entender que lo hubiera traicionado así. Pero ya no tenía que confiar en ella, para eso había contratado a un detective que le dijera todo lo que necesitaba saber acerca de Callie.

No tardaron mucho en llegar a su edificio. Sánchez abrió la puerta del coche y Eduardo tomó con cuidado a la niña. Caminó despacio para no despertarla, acunando su cabeza contra su pecho mientras el portero le abría la puerta del edificio. Le asombraba lo pequeña que era la niña. Le parecía muy indefensa y frágil. Tampoco entendía cómo podía quererla ya tanto.

Su regordeta y canosa ama de llaves, la señora McAuliffe, lo estaba esperando en el vestíbulo.

—La habitación del bebé está lista —le dijo nada más verlo—. Dios mío, ¡es preciosa!

—¿Sabe cómo sostener a un bebé? —le preguntó él.

—¿Cómo puede preguntarme eso, señor? ¡Tengo cuatro hijos!

—Tome —contestó él mientras le entregaba a la niña.

Se tranquilizó al ver que tenía experiencia. Fue entonces cuando volvió a salir a la calle.

Miró a Callie a través de la ventanilla del coche. Seguía durmiendo. Parecía muy cansada.

Cuando la levantó en sus brazos, Callie se movió, pero no se despertó. Murmuró algo en sueños y apoyó la mejilla contra su pecho.

Le pareció que no pesaba casi nada. La miró a la cara y sintió algo en el pecho, algo que no habría podido definir. Fue con ella hasta el ascensor privado.

Acababa de comprar ese ático de dos plantas como una inversión. No había tenido la intención de vivir en él, pero todos sus planes estaban cambiando rápidamente.

Pensaba dejarla en la habitación de invitados, pero se detuvo antes de entrar. Se dio cuenta de que sería mejor que estuviera en el dormitorio principal. Era más amplia, tenía un gran cuarto de baño y estupendas vistas de la ciudad. Además, estaba junto a su despacho, que había sido remodelado rápidamente para convertirse en el dormitorio de la niña.

Fue hasta su habitación y la dejó con cuidado en la enorme cama.

Callie se movió, pero continuó durmiendo.

Él cerró las cortinas y la tapó con una manta. Se quedó mirándola unos minutos más.

Le había asegurado que su matrimonio solo iba a durar tres meses, pero había empezado a cambiar de opinión desde que naciera la niña.

Su hija era muy pequeña y frágil. Eduardo sabía muy bien cómo era sentir que su existencia no había sido deseada, que sus padres no lo querían.

Deseaba más que nada que su hija se sintiera segura y protegida, que tuviera un verdadero hogar, una familia de verdad.

Aunque no tenía buena opinión de Callie, sabía que amaba a su bebé. Había sido muy valiente durante el parto e incluso admiraba que se enfrentara a él para decidir el nombre de su hija.

Apretó los dientes y frunció el ceño. Creía que, si Callie podía soportar tan bien el dolor, también lo haría él. Decidió que no iba a divorciarse de ella.

Pensó que los dos podrían sacrificarse. Él renunciaría a tener una esposa en quien pudiera confiar y Callie renunciaría a su amor por McLinn. Además, creía que la responsabilidad era más importante que el amor.

Sabía que a Callie no iba a gustarle el cambio de planes. Decidió que tendría que darle algo de tiempo para aceptar un matrimonio como ese, sin amor. Así podría llegar a apreciar lo que él podía ofrecerle y olvidar lo que había dejado atrás.

Salió del dormitorio y cerró la puerta. Temía que, después de los tres meses que habían pactado, Callie siguiera queriendo divorciarse de él y recuperar su libertad.

Si llegaba el caso, estaba dispuesto a mantenerla prisionera, como un pájaro en una jaula de oro. Era su esposa y no iba a permitir que se marchara de su lado.

Capítulo 4

CALLIE se enderezó en la cama y miró algo desorientada a su alrededor. Estaba mareada.

No sabía dónde estaba ni cómo había llegado a esa cama. Le dolían los pechos y vio que seguía vestida con la ropa que había llevado en el hospital.

Se dio cuenta entonces de que el llanto de su bebé la había despertado y comenzó a latirle el corazón con fuerza al ver que no estaba allí.

–¡Soleil! –la llamó desesperada mientras se ponía en pie–. ¡Soleil!

Se llenó de luz la habitación cuando alguien abrió la puerta. No tardó en sentir los brazos de Eduardo a su alrededor.

–¿Dónde está? –le preguntó asustada mientras trataba de escapar–. ¿Adónde la has llevado?

–Está aquí –repuso Eduardo mientras iba a otra puerta y la abría–. ¡Aquí mismo!

El llanto del bebé se hizo más fuerte. Fue hasta ella corriendo. Vio la cuna y lloró de alegría mientras la tomaba en sus brazos. La pequeña dejó de llorar casi al instante, tenía hambre.

Se sentó en una mecedora y empezó a levantar su camiseta, pero se detuvo a tiempo.

–Tengo que darle de comer –le dijo algo avergonzada–. No me mires.

–Ya he visto tus pechos –repuso Eduardo.

–¡Date la vuelta! –le ordenó con impaciencia.

Eduardo levantó con resignación las cejas y se alejó de ella.

Callie se giró un poco más para que no la viera y se preparó para darle el pecho. Se sobresaltó al notar cómo se aferraba a ella.

–Por lo que oigo, parece que estaba muerta de hambre –comentó Eduardo.

–¡No escuches!

–Lo siento –repuso él sin poder contener la risa.

Pasaron unos minutos en silencio y Callie se dio cuenta de que debía disculparse.

–Siento lo que ha pasado. Me desperté y no sabía dónde estaba –le dijo ella.

–Te quedaste dormida en el coche de camino a casa y te subí en brazos. ¿No lo recuerdas?

Lo último que recordaba era que habían estado discutiendo sobre el nombre de la niña.

–Supongo que estaba muy cansada –le confesó ella.

–No te preocupes.

Eduardo estaba siendo amable con ella y no sabía cómo reaccionar. Llevaba meses odiándolo, criticándolo ante cualquiera de su familia que quisiera escucharla.

Creía que era un imbécil y un insensible, que no merecía ser padre. Pero se había dado cuenta de que ella había estado a punto de robarle el derecho que tenía de conocer a su hija.

–Fue un error no decirte lo del bebé –le dijo entonces–. Lo siento mucho. ¿Podrás perdonarme?

–Olvídalo –repuso él con dureza–. Los dos cometimos errores, pero forman parte del pasado. Nuestro matrimonio es un nuevo comienzo.

–Gracias –susurró ella agradecida.

Miró entonces a su alrededor. El dormitorio era precioso. Las paredes eran de un amarillo muy suave, ha-

bía animales de peluche en una estantería y una preciosa cuna.

–Es muy bonita.

–Me encargué de que redecoraran mi despacho mientras estábamos en el hospital.

–¿Quién lo hizo?

–La señora McAuliffe –le contestó Eduardo.

–Siempre me gustó mucho esa mujer –repuso ella
con una sonrisa–. ¿La habitación de al lado es la de invitados?

–No, es el dormitorio principal.

–Entonces, ¿estaba durmiendo en tu cama? –preguntó algo decepcionada.

–Sí.

Trató de fingir que no le importaba haber dormido
en la misma cama donde Eduardo Cruz pasaba todas las
noches, solo o en compañía de bellas modelos. Cambió
a la niña de pecho con cuidado de no mostrar demasiada piel.

–Bueno, luego me dices cuál es mi habitación.

–No, Callie. Vas a quedarte en el dormitorio principal –repuso Eduardo–. Así estarás cerca de nuestro
bebé.

–Entonces, ¿dónde vas a dormir tú? No estarás pensando que tú y yo vamos a...

–Me iré a la de invitados –la interrumpió Eduardo.

–Pero no quiero molestarte.

–No lo harás –le aseguró él mientras se acercaba y
acariciaba la cabeza del bebé–. Quiero que estés aquí,
que estéis aquí las dos.

–¿De verdad?

–Por supuesto que sí –le dijo Eduardo–. Siempre he
soñado con tener una familia así para poder protegerla
y cuidarla. Y eso es lo que haré.

Sus ojos habían cambiado por completo. Su mirada

era cálida y muy tierna. Le parecía otro hombre. El hombre que podría haber sido si su infancia no hubiera sido tan dura.

Sentía compasión por él y los restos de un amor roto en mil pedazos, pero no podía seguir por ese camino.

—Gracias por cuidar tan bien de mí y de Soleil —le dijo ella con una sonrisa temblorosa.

—Marisol —repuso él de repente.

—¿Qué?

—¡Marisol! Es un nombre español y una mezcla de los dos nombres que nos gustan, Soleil y el de mi tía María.

—Marisol... —probó ella—. Marisol Cruz.

—Marisol Samantha Cruz —la corrigió Eduardo.

Lo miró entonces con sorpresa.

—¿Samantha por mi hermana?

—Sí. Esta familia está unida gracias a ella.

—¡Pero Sami me traicionó!

—Es de la familia y acabarás perdonándola —le dijo Eduardo—. Los dos sabemos que lo harás.

Lo miró enfadada. No pensaba perdonar nunca a su hermana por contarle a Eduardo lo del bebé. Pero, por otro lado, sabía que Sami había hecho lo correcto y ella no. Aunque su hermana no tenía motivos completamente altruistas, había llegado a la conclusión de que estaba enamorada de Brandon. Su amigo no lo sabía, estaba segura.

Se dio cuenta de que Brandon merecía tener amor de verdad y que había sido egoísta por su parte aceptar su propuesta de matrimonio. No entendía cómo había estado tan ciega para permitirle que se sacrificara así por ella. Había estado a punto de arruinar muchas vidas.

—Siempre me hablabas de tu hermana pequeña —le dijo Eduardo colocando una mano en su hombro—. Le enviabas regalos, cartas y dinero para la universidad. Seguro que la perdonarás.

–Tienes razón –susurró ella con lágrimas en los ojos–. Estaba enfadada con ella, pero no hizo nada malo. Yo sí.

Se hizo el silencio. Cuando abrió los ojos, Eduardo la miraba con el ceño fruncido, casi como si la pudiera entender. Se miraron a los ojos y sintió algo moverse en su corazón.

–De acuerdo.

–¿De acuerdo?

–Su segundo nombre puede ser Samantha –concedió ella mientras tocaba la mejilla regordeta y suave de su hija–. Marisol Samantha Cruz.

–No me lo creo –repuso Eduardo con una sonrisa–. ¿Nos hemos puesto de acuerdo en algo? ¿Puedo rellenar por fin el certificado de nacimiento?

–Así es –le dijo ella devolviéndole la sonrisa.

Volvieron a quedarse en silencio y mirándose a los ojos. Después, Eduardo carraspeó algo incómodo y miró su reloj.

–Son casi las diez. Estarás muerta de hambre –le dijo él–. Te prepararé algo.

–¿Tú? ¿Vas a cocinar?

–No soy un completo inútil, si eso es lo que crees.

–No, pero has cambiado mucho durante estos últimos meses. Mi exjefe no habría podido siquiera encontrar su propia cocina. Me sorprende que hayas sobrevivido sin mí.

–No ha sido fácil –repuso Eduardo mientras iba hacia la puerta–. Baja cuando estés lista.

Callie se quedó estupefacta. Era extraño ver que podían tener una relación amable. Miró a su niña y se balanceó en la mecedora mientras la abrazaba contra su pecho. Tenía la nariz pequeña, como ella, y la piel color aceituna de su padre. Iba a ser muy bella.

Le había sorprendido ver que Eduardo era capaz de

anteponer la comodidad de otra persona a la suya. Nunca lo había visto así. Durante esos dos últimos días, le había pedido que se casara con él, había dormido en una silla en el hospital, la había llevado a su casa y había renunciado a su despacho para convertirlo en el dormitorio de la niña.

Además, iba a dejar que usara su propia habitación y se había ofrecido a cambiar los pañales de la niña. Nunca podría haberse imaginado a Eduardo Cruz, el frío y mujeriego multimillonario, cambiando un pañal.

Pero sabía que no iba a durar, que las cosas volverían a la normalidad en cuanto desapareciera la novedad. Creía que no tardaría en anhelar su libertad y volver a ser el mismo de siempre.

Cuando sucediera, regresaría a Dakota del Norte con su bebé para estar con su familia, las personas que de verdad la querían.

Eso era al menos lo que creía. La llamada a su familia poco después del parto había sido un desastre. Les contó su situación y su madre no pudo contener las lágrimas. Su padre, en cambio, le habló como si lo hubiera decepcionado. Era como si renegara de ella.

Había sido muy doloroso. Se dio cuenta de que había sido un terrible error no contarles que estaba embarazada. Esa llamada telefónica había cambiado algo entre ellos. Se sentía distanciada de su familia, como si le faltara un pedazo de su corazón.

Y también le dolía que no la apoyaran en un momento tan difícil.

Su padre había sido también muy duro con Eduardo. No sabía exactamente lo que le había dicho, pero supo que lo había sacado de sus casillas.

A Walter Woodville nunca le había gustado la forma en la que Petróleos Cruz se había hecho con su pueblo, cambiándolo todo y convenciendo a los jóvenes para que dejaran las granjas familiares con promesas de un trabajo muy bien pagado.

Y no quería siquiera pensar en Brandon. Suponía que habría vuelto solo a Dakota del Norte. No sabía qué le habría dicho a sus padres ni cómo se sentía.

A Eduardo le había costado creer que fuera a casarse con ella cuando estaba embarazada de otro hombre y creía que estaba enamorado de ella. Pero Callie sabía que no era así.

Era su mejor amigo y ella se había aprovechado. Decidió llamarlo para pedirle perdón.

Era otra persona más a la que había herido.

Lentamente, se puso de pie, le dolía todo el cuerpo. Metió a su hija en la cuna mientras recordaba lo dulce que había sido Eduardo con Marisol.

En ese momento, sintió que tenía más en común con él que con cualquier otra persona.

Volvió al dormitorio y vio que alguien había dejado sobre la cama la maleta con ropa nueva que le habían llevado al hospital. La abrió, tomó un conjunto de cachemira rosa y suspiró. Parecía carísimo y era muy suave.

Fue increíble poder darse una larga ducha caliente en el baño de su dormitorio. Se peinó cuando salió y se puso la ropa sobre una camiseta de algodón blanca.

Bajó entonces las escaleras. Era el ático más lujoso que había visto nunca, como una mansión en el cielo. Había un gran salón en la primera planta, con chimenea y grandes ventanales.

–¿Qué te parece?

Se sobresaltó al oír la voz de Eduardo. Se giró y vio que se le acercaba con dos copas de martini. Llevaba pantalones vaqueros oscuros y una camiseta negra que no escondía su musculoso cuerpo.

–Es increíble –reconoció ella–. No he visto nada parecido.

–Me alegra que te guste, porque es tuyo –repuso Eduardo.

Pero era imposible, sabía que estaba bromeando. Además, teniéndolo tan cerca, no podía pensar en nada más.

–Toma –le dijo Eduardo ofreciéndole una de las copas.

–No puedo beber alcohol, le estoy dando el pecho –repuso ella.

–Lo sé, tu copa tiene zumo de frutas.

–Gracias.

Tomó la copa y se la terminó de un trago. Estaba muerta de sed y también tenía hambre.

–Huele muy bien –comentó ella.

–He hecho quesadillas y arroz. No sé si te gustará –repuso él más serio–. Como me has recordado antes, soy un inútil en la cocina.

Callie frunció el ceño, le extrañó que se mostrara de repente tan taciturno.

–¿Pasa algo? –le preguntó ella–. ¿Estás bien?

–Claro, estoy bien. ¿Cenamos?

Suspiró al ver que no le iba a contar qué le pasaba y miró a su alrededor.

–¿Has visto mi bolso? Tengo que hacer una llamada.

–¿A tu familia?

–No, ya los llamé desde el hospital, quería hablar con Brandon.

–No –repuso Eduardo.

–Supongo que habrá vuelto a Fern y estará preocupado por mí. Me gustaría saber cómo...

–Brandon está bien –la interrumpió Eduardo con frialdad–. Acabo de hablar con él.

Lo miró fijamente.

–¿En serio?

–No dejaba de llamar y me cansé. Contesté su llamada de hace diez minutos y le dije que dejara de llamar.

—¿Qué te ha dicho?

—Me ha llamado de todo —repuso Eduardo—. ¿Qué le has contado de mí?

Sintió que sus mejillas se ruborizaban.

—Me enfadé mucho cuando me despediste, supongo que te llamé de todo. Le dije que eras un imbécil, que eras adicto al trabajo, que no tenías corazón, que cada día te acostabas con una mujer distinta... —susurró avergonzada—. Lo siento. No debería haber hablado así de ti.

Eduardo le dedicó una fría sonrisa.

—Bueno, te limitaste a decirle la verdad. Soy todas esas cosas. Y tú eres reservada, ingenua y demasiado sentimental.

Callie abrió la boca para protestar, pero no dijo nada.

—Pero supongo que nos tendremos que soportar por el bien de Marisol.

Sintió un profundo dolor en su corazón. Un momento antes, había estado llena de esperanza, pero acababa de ver que estaba sola. No tenía a nadie de su lado.

—Dame mi teléfono —le pidió con firmeza.

—No.

—Muy bien. Lo buscaré yo.

Salió del salón y entró en una gran cocina. Vio su bolso en la encimera de granito, fue por él y rebuscó en su interior.

—No está ahí —le dijo Eduardo mientras la miraba.

—¿Dónde está?

—Lo tiré a la basura.

Dejó entonces de buscarlo y lo miró a los ojos.

—¿Me estás tomando el pelo?

—No voy a dejar que lo llames —replicó Eduardo.

—¡No puedes hacer eso! —exclamó indignada—. ¡No tienes derecho!

—Soy tu marido, tengo todo el derecho del mundo.

–Entonces, ¡me compraré otro teléfono!

–Inténtalo –le provocó Eduardo con los ojos brillantes.

–Esto es ridículo. ¡No soy tu prisionera!

–No, pero estamos casados y espero que me seas leal.

–¡Brandon es mi mejor amigo!

–Y tú eres mi esposa.

–¿Cómo es posible que te sientas amenazado por él?

–¿No lo entiendes? –repuso fuera de sí–. Es el hombre al que amas, en el que confías, con el que ibas a casarte hace dos días y el que intentó convertirse en el padre de Marisol.

–Solo quería ayudarme.

–Lleváis juntos muchos años, Callie –le espetó Eduardo–. Antes incluso de que te conociera yo.

–¿Qué? –preguntó perpleja.

–En Nochebuena, cuando hicimos el amor, no podía dormir contigo en mi cama –le dijo él.

–Entonces, ¿por qué no me pediste que me fuera?

–Decidí salir a dar un paseo y fui hasta tu piso para recoger algunas de tus cosas. Iba a pedirte que te quedaras conmigo. Imagina mi sorpresa cuando vi que allí vivía un hombre.

–Que tú ibas a... ¿Cómo? No entiendo...

–Después de tantos años juntos, pensé que podía confiar en ti. Pero, solo unas horas después de que me entregaras tu virginidad, me di cuenta de que vivías con tu novio.

Lo miró boquiabierta.

–¿Qué pasa? ¿No se te ocurre nada que decirme? Te has quedado sin palabras, ¿no?

–Brandon no era entonces mi prometido.

–¡Ya basta! ¿Es que nunca dejas de mentir? ¡Lo vi con mis propios ojos!

–Pero si solo hace unas semanas que decidimos casarnos.

–Entonces, ¿cómo explicas lo que me dijo? O mientes tú o me mintió él.

–Brandon nunca mentiría –susurró ella–. A no ser que... Se cubrió la boca con la mano.

Recordó que habían decidido en el instituto que se casarían el uno con el otro si llegaban a los treinta y seguían solteros. Para ella, había sido solo una broma, pero temía que Brandon se lo hubiera tomado en serio.

En cuanto le dijo a Brandon que Eduardo le había alquilado un piso mejor para vivir, su amigo de toda la vida había aparecido en Nueva York con su maleta y sin trabajo. Temió que se hubiera dado cuenta de que estaba enamorada de su jefe y hubiera querido proteger su territorio.

Pero le parecía imposible. Estaba convencida de que para Brandon, ella era solo su amiga.

–Creo que no lo entendiste bien. Brandon solo pretendía protegerme, te lo aseguro –le dijo ella–. Nunca ha habido nada entre los dos. Deja que lo llame y te lo demuestre.

–Él está enamorado de ti –repuso Eduardo con una mirada heladora–. O me estás mintiendo ahora mismo o estás completamente ciega. De un modo u otro, no dejaré que vuelvas a reírte de mí, no vas a hablar con McLinn. Ni por teléfono, ni por ordenador ni a través de tus padres. ¿Lo entiendes?

No podía creer que estuviera siendo tan irracional, se le llenaron de lágrimas los ojos.

–Pero lo dejé plantado en la calle el día de nuestra boda. ¡Se merece una explicación!

–Te vio conmigo, no necesita ninguna explicación más. Y, si te pones en contacto con él, aunque sea una sola vez, habrás violado nuestro acuerdo.

–Me da igual. ¡Quédate con tu generosa pensión alimenticia! ¡No me importa tu dinero!

–¿Tampoco te importa la custodia?

Se quedó sin aliento al oírlo.

–¿Qué?

–Deberías haber leído nuestro acuerdo prenupcial con mucho cuidado antes de firmarlo.

–¡Estaba de parto! Cualquier juez anularía lo que tuve que firmar en esas circunstancias.

Le costaba creer que pudiera ser tan cruel con ella. Pero recordó entonces de quién se trataba y se sintió estúpida al haber caído en su trampa una vez más.

–Déjame hablar con él una vez, solo una vez. Puedes escuchar desde otro teléfono, pero necesito disculparme con él –le pidió entre lágrimas–. Cuando pienso en lo que le hice...

–Sí, ya imagino lo mal que te sientes. Después de todo, te metiste en la cama conmigo y concebiste a mi hijo en lugar del suyo. ¡Pero creo que Marisol es más importante que los absurdos anhelos románticos de tu corazón!

Su tono hiriente le desgarraba el alma como el sonido de unas uñas en la pizarra.

–¿Por qué te importa tanto? –le preguntó ella–. Nuestro matrimonio solo durará unos meses. Ni siquiera entiendo por qué querías casarte conmigo. Los dos sabemos que esto no es una familia de verdad y que no puede durar. Te conozco bien y sé que este no es el tipo de vida que te gusta –agregó–. Tienes que estar siempre viajando, superando a tus competidores, comprando cosas que no tienes tiempo de disfrutar y cambiando cada noche de mujer.

–Mis prioridades han cambiado –repuso él con frialdad.

–Puede que sí, pero solo durante unos días. Como

mucho, una semana. ¿Cuánto tiempo va a pasar antes de que nos abandones?

–¿Abandonaros? –repitió furioso–. ¿No serás tú la que dejes a Marisol y te vayas corriendo a los brazos de otro hombre?

–¡Estoy harta de tus estúpidos celos!

–Y yo harto de que me acusen de que nunca podría ser un buen marido. ¡Es una lástima para ti que ese agricultor desempleado no sea el padre de Marisol!

–¡Sí, es una verdadera lástima! –exclamó Callie conteniendo las lágrimas.

Tomó su plato de comida, que no tenía muy buen aspecto, y abrió todos los cajones hasta que encontró un tenedor. Fue después hacia la puerta.

–¡Estos van a ser los tres meses más largos de mi vida! –exclamó antes de salir.

Subió llorando las escaleras para poder comer y llorar en paz con la única persona en ese mundo que aún la quería, su bebé.

Capítulo 5

Tres meses más tarde

Habían sido tres meses muy duros durante los que Callie había tenido que ver cómo Eduardo se comportaba como un padre perfecto y cariñoso. Marisol había ganado mucho peso y dormía mejor por las noches.

Durante tres meses, la había tratado con cortesía pero también con cierta frialdad y ella había tenido que aprender a vivir con sus dolorosos recuerdos, que la llenaban de rabia durante el día y la impedían dormir por la noche. Pero por fin habían terminado esos tres meses.

Se miró en el espejo de la habitación mientras se subía la cremallera de su vestido. Era ceñido y plateado y tenía un escote en forma de corazón que resaltaba su busto. Se puso los pendientes de diamantes que hacían juego con su anillo. Se acercó después un poco más para ponerse rímel en las pestañas y pintarse de rojo los labios.

Dio un paso atrás cuando terminó para ver el resultado. No se reconocía.

Siempre se había visto como una joven no demasiado agraciada y algo rellenita, pero el espejo le decía lo contrario. Nunca había tenido tan bien cuidada su melena castaña. Brillaba y tenía un aspecto sano y lustroso gracias a los tratamientos que se hacía dos veces a la semana en la mejor peluquería del Upper West Side de Nueva York. Después de un largo otoño de paseos con Marisol, tenía los brazos y las piernas tonificados y estaba en buena forma. Iba al parque casi todos los días, aunque estuviera lloviendo o hiciera frío. Su afán era escapar del ático, donde se sentía inútil y atrapada con un marido que no sentía nada por ella.

Le daba la impresión de que ya no quedaba apenas nada de la sencilla chica de campo que había sido. Era la señora de Eduardo Cruz, el magnate del petróleo, pero no por mucho tiempo. Al día siguiente, terminaría su sentencia de tres meses. Marisol y ella serían por fin libres.

Había dormido sola cada noche en esa enorme cama mientras Eduardo dormía en la habitación de invitados. Este había cambiado su rutina y volvía antes del trabajo para poder pasar más tiempo con la niña. Había visto cómo se iluminaba su cara cuanto tomaba a Marisol en sus brazos. Por la noche, cuando el bebé no podía dormir, le oía caminar con ella por los pasillos mientras le cantaba una nana.

Eduardo había sido muy educado y nunca había vuelto a hablarle de Brandon, de su familia o de cualquier otro tema que pudiera provocar una discusión. Mientras cenaban, él solía leer el periódico y hablaba muy poco. Ella, en cambio, se distraía contemplando sus sensuales labios y tratando de que no le afectara demasiado su cálido y masculino aroma.

Eduardo no la había tocado durante esos tres meses. Solo esperaba de ella que cuidara de su hija y que lo acompañara alguna vez a galas benéficas, como iba a hacer esa noche.

En la alta sociedad neoyorquina, la temporada de Navidad empezaba a principios de diciembre con el Baile de Invierno, que recaudaba dinero para hospitales infantiles de la región.

Era la última vez que iba a vestirse de manera tan

elegante para acompañar a Eduardo. Después de esa noche, ya no iba a tener que seguir fingiendo que eran un matrimonio feliz.

Le parecía paradójico que su relación terminara tal y como había empezado, con una fiesta de Navidad. Al día siguiente, tal y como indicaba el acuerdo prenupcial, ella se mudaría y Eduardo comenzaría el proceso del divorcio.

Tenía muy claro que su marido le había sido infiel durante esos tres meses, lo conocía demasiado bien. No era el tipo de hombre que pudiera resistir tanto tiempo sin acostarse con alguien. Por otro lado, no era asunto suyo lo que hiciera o dejara de hacer. Iba a hacer las maletas al día siguiente y volver a su granja en Dakota del Norte. Había echado mucho de menos a Sami, a su madre, a Brandon e incluso a su padre.

Pero le había dolido que no la llamaran para disculparse. Ella tampoco lo había hecho.

Sabía que también Eduardo habría estado pendiente del calendario, deseando recuperar cuanto antes su libertad. Había sido un buen padre, pero suponía que estaría ya cansado de tener que esconder sus aventuras amorosas y no poder trabajar más horas. Lo cierto era que le había sorprendido que aguantara tanto tiempo.

No había intentado nada con ella durante esos meses. Solo habían tenido una noche juntos, la noche en la que concibieron a Marisol. Una noche perfecta que ella nunca iba a olvidar. Recordaba el deseo en su mirada cuando la vio al otro lado del salón de baile, el calor de sus labios mientras se besaban en el taxi que los llevó a toda velocidad a casa de Eduardo. Nunca iba a poder olvidar cómo se había sentido cuando la desnudó y comenzó a acariciarla, ni lo increíble y mágico que había sido estar entre sus brazos, gritando su nombre, dejándose llevar.

Pero había llegado el momento de volver a la casa de su familia y buscar un trabajo. Tenía que olvidar a Eduardo. Si no, su vida iba a ser muy triste y...

–Querida.

Se dio la vuelta al oír su voz. Eduardo la miraba desde la puerta de la habitación. Llevaba un elegante esmoquin negro y estaba tan guapo que el corazón le dio un vuelco.

Sus ojos eran tan negros como su traje y sus rasgos eran perfectos, como los de una escultura griega. Él la miró de arriba abajo como si la estuviera devorando con los ojos.

–Estás preciosa –le dijo Eduardo–. Todos los hombres me envidiarán esta noche.

Se sonrojó al oírlo y no supo qué decir. Nunca le había dicho nada parecido. Era la última noche de su matrimonio y se sintió tan torpe y tímida como si fuera su primera cita.

–Gracias. Tú-tú también estás muy elegante.

–Tengo un regalo para ti –le dijo Eduardo mientras abría una caja de terciopelo negro que sacó del bolsillo de su esmoquin.

Se quedó con la boca abierta al ver un precioso collar de esmeraldas y diamantes.

–¿Es para mí? Pero, ¿por qué? –preguntó confusa.

–¿De verdad no lo sabes?

–¿Es un regalo de despedida?

–No –repuso él con media sonrisa–. Supongo que podría ser un regalo de Navidad.

Eduardo sacó el collar de la caja y ella levantó su larga melena y dejó que se lo pusiera. No pudo evitar estremecerse al sentir sus manos en la nuca. Cuanto terminó, se miró en el espejo.

–Es precioso –susurró ella con un nudo en la garganta.

Sus ojos se encontraron en el espejo y él dejó de sonreír.

–No tanto como tú –le dijo en voz baja–. Ninguna otra mujer está a tu altura.

Eduardo estaba de pie detrás de ella, tan cerca que sus cuerpos casi se tocaban.

–¿Por qué estás siendo tan amable conmigo? ¿Por qué ahora que termina todo? –le preguntó.

–¿Quién ha dicho que esto es el final? –repuso Eduardo colocando las manos en sus hombros.

–El acuerdo prenupcial –contestó ella.

Eduardo le dio la vuelta y ella lo miró a los ojos. Había deseo en ellos.

–¿Es que no sabes lo que quiero? –le preguntó Eduardo en voz baja.

Lo sabía muy bien. Quería recuperar su libertad.

–Por supuesto que lo sé. Supongo que habrán sido los meses más largos de tu vida.

–Es verdad –repuso Eduardo acariciándole la mejilla.

–Tres meses de espera...

–Tres meses infernales –la interrumpió él.

Se le llenaron de lágrimas los ojos al ver que había estado en lo cierto.

–Bueno, esta noche termina.

–Sí, así será –repuso Eduardo sin dejar de mirarla con intensidad.

Temblando, Callie apartó la vista.

–Estoy lista –le dijo.

–Estupendo –repuso Eduardo sonriendo mientras le ofrecía el brazo–. Señora Cruz...

Tomó su brazo conteniendo el aliento y dejó que la acompañara hasta el vestíbulo. Se despidieron de la señora McAuliffe, que se quedaba al cuidado del bebé.

Eduardo sacó un abrigo de pieles de color blanco y se lo colocó sobre los hombros.

Se estremeció entonces al recordar el sueño que había tenido la noche anterior, cuando había imaginado su cuerpo desnudo sobre el de ella. Temblando, se apartó todo lo que pudo de él mientras bajaban a la calle en el ascensor.

En la limusina, no pudo dejar de pensar en lo cerca que estaba de él, el poco espacio que había entre los dos.

El Baile de Invierno se celebraba en un maravilloso hotel al lado de Central Park. Entraron del brazo, pero trataba de mantener las distancias. Los techos eran altísimos y había maravillosos frescos pintados en ellos. Pero se quedó más extasiada aún al ver la maravillosa decoración invernal del enorme salón de baile. Había luces blancas colgadas de impresionantes árboles desnudos. El invierno era su estación favorita y aquello le pareció un bosque de hadas.

Pero su fantasía se vino abajo cuando vio a los invitados. Todas las mujeres eran hermosas y delgadas y entre los hombres estaban los más poderosos de la ciudad. Se sentía fuera de lugar.

Tampoco se sentía a gusto en el ático de Eduardo, pero era mucho más duro estar en esos ambientes y compararse con todas esas mujeres esbeltas y bellas que miraban a su esposo.

—¿Las conoces? —le susurró ella.

—¿A quiénes?

—A todas esas mujeres que te están mirando.

—No —repuso él mientras miraba a las preciosas modelos.

Se preguntó si le estaría diciendo la verdad o si trataba de protegerla para no herir sus sentimientos. Supuso que estaría deseando divorciarse para no tener que dar explicaciones a nadie y continuar con sus conquistas.

Sabía que tres meses sin sexo era mucho tiempo para un hombre como Eduardo, pero no para ella. Solo había tenido una experiencia sexual en toda su vida. Sabía que su matrimonio era una farsa y que no tenía derecho a tener celos, pero no le gustaba imaginarlo con otra mujer.

Pero, para su sorpresa, Eduardo no miraba a las bellas mujeres que llenaban el salón, solo parecía tener ojos para ella.

—¿Quieres tomar algo?

Estaba nerviosa y asintió con la cabeza. Cuando Eduardo regresó con una copa para ella, se la bebió de un trago.

—¡Cuidado! —le advirtió Eduardo con una sonrisa—. Ese ponche es más fuerte de lo que parece.

Pero Callie estaba harta de ser buena.

—Tráeme otra copa, por favor —le pidió ella—. Por esta noche, quiero ser algo imprudente.

—Como quieras —repuso Eduardo con una sensual sonrisa.

Cuando volvió con su copa, la miró con tal intensidad que no pudo evitar sonrojarse.

Durante semanas, se había mostrado muy distante, como si fuera una empleada de su casa, pero esa noche la estaba mirando de verdad, casi como si deseara arrancarle el vestido, besarla y conseguir que perdiera por completo la cabeza.

Pero no lo creía posible. Después de todo, Eduardo la había dejado y no era nada para él.

—Gracias —repuso aceptando la copa—. ¿Cómo se llama esta bebida?

—Rudolph.

—¿Rudolph? ¿Como el reno de Santa Claus? ¿Por qué?

—Porque te pondrá la nariz roja y volarás toda la noche —repuso Eduardo riendo.

Le sorprendió su respuesta y sonrió. Se bebió la se-

gunda copa de un trago mientras Eduardo seguía obser-
vándola.

–¿Has sufrido alguna vez resaca?

–No –le confesó ella.

–¿Quieres tener resaca mañana?

Le atrajo la idea, así tendría una distracción para no
pensar en el divorcio.

–Puede que sí –susurró ella.

Comenzó a sonar entonces la música de la orquesta
y Eduardo le ofreció su mano.

–Baila conmigo.

–No, ¿por qué no se lo pides a otra mujer? Todas pareces conocerte.

–Mucha gente me conoce –repuso Eduardo.

–¿Por qué no acabamos de una vez con esta farsa?
No hace falta que lo niegues, sé que has tenido amantes
durante nuestro matrimonio.

–¿Quién te ha dicho eso?

–Nadie, pero como no hemos tenido relaciones se-
xuales, supuse que...

–Pues te has equivocado –la interrumpió Eduardo.

Durante un buen momento, se miraron el uno al otro.

–¿Me estás diciendo la verdad? –susurró ella–. Pero
es imposible. ¡Seguro que ha habido alguien!

–Así que eso es lo que piensas de mí –murmuró
Eduardo–. ¿Crees que te pediría fidelidad a ti y yo no
haría lo mismo? ¿Me crees capaz de romper nuestros
votos matrimoniales?

–¿Por qué te sorprendes? Te conozco, Eduardo. ¡Es
imposible que no hayas estado con ninguna mujer durante estos tres meses, sobre todo cuando se abalanzan
sobre ti allá donde vas! –repuso ella–. Ya tienes lo que
querías. Marisol lleva tu apellido y tus amigos sabrán
que hiciste lo mejor para nuestra hija, no les sorpren-
derá que nuestro matrimonio no dure mucho.

–¿Por qué crees que no les iba a sorprender? –le preguntó Eduardo.

–¡Mírame! –replicó enfadada–. ¡Y mírate tú!

Eduardo frunció el ceño y la miró de arriba abajo. Se había sentido muy bella en casa con ese vestido, pero se dio cuenta de que enfatizaba su curvilínea figura. Sobre todo cuando se comparaba con las estilizadas mujeres del baile.

–No lo entiendo –repuso Eduardo.

–¡Olvídalo! –replicó con impaciencia ella–. De todos modos, ya no importa.

Fue hacia la puerta, pero él atrapó su mano antes de que pudiera irse. Le quitó la copa de la mano y se la entregó a un camarero.

–Nunca te he traicionado, Callie –le dijo Eduardo mientras la abrazaba.

–Pero, ¿qué razones podrías tener para serme fiel?

–Si tienes que preguntarlo es que no me conoces en absoluto –repuso–. Baila conmigo.

Tenía el corazón en la garganta. Sabía que no era buena idea y se sentía muy vulnerable. Aquella noche era la última, no podía bajar la guardia.

Pero no se pudo resistir.

–De acuerdo, pero solo un baile –susurró entonces.

Eduardo la miró y la sujetó contra su cuerpo.

Comenzaron a bailar, los rodeaban otras parejas en el centro del salón y miles de luces blancas. Él la sostenía muy cerca de su torso y podía sentir su calor. Cerró los ojos y, sin saber por qué, se sintió segura. Era como si hubieran retrocedido en el tiempo hasta aquella mágica noche de un año antes.

Pasaron dos horas bailando. Era como un sueño, solo tenía ojos para él mientras se dejaba llevar por la música. Estaban solos en medio de un bosque de cuento de hadas. Fue entonces cuando se dio cuenta de que lo amaba. De hecho, nunca había dejado de amarlo.

Se quedó inmóvil, mirando fijamente a las otras parejas.

–¿Qué te pasa, querida? –le preguntó Eduardo con dulzura.

Se sentía mareada y sobrecogida por lo que acababa de descubrir. No podía creer que pudiera ser tan tonta como para caer de nuevo en sus redes.

–¿Qué es lo que estás tratando de hacer conmigo? –le preguntó ella–. ¿Qué estás haciendo?

Eduardo se detuvo también y la miró a los ojos. Después, acarició su mejilla.

–Te puedo decir lo que estoy a punto de hacer –le dijo entonces–. Voy a besarte.

Se quedó inmóvil y sin respiración mientras veía cómo se acercaba la boca de Eduardo. Sintió el calor de sus sedosos labios y de su aliento rodeándola como el más seductor de los abrazos. Le transmitió su deseo en ese beso, que parecía tan fuerte como el de ella y se estremeció al sentir su áspera piel mientras le acariciaba la melena y bajaba después por su espalda.

Besaba tan bien como lo recordaba. Había una pasión en sus labios y en sus manos que no le ofrecían solo placer, también le hablaban de eternidad. Y, muy a su pesar, sonaron unas palabras en su cabeza que no podía negar.

«Te quiero, Eduardo. Nunca dejé de amarte», se dijo entonces sabiendo que era la verdad.

–Te deseo, Callie –murmuró él entonces contra su piel.

Sabía que era cierto, podría verlo en sus ojos oscuros y sintió de pronto ganas de llorar.

–¿Cómo puedes torturarme así cuando todo terminará mañana? ¡Ya me entregué totalmente a ti en el pasado y me echaste de tu lado como si fuera una bolsa de basura!

Se dio media vuelta y salió corriendo del salón de baile. Cruzó el vestíbulo sin detenerse a recoger su abrigo en el guardarropa. Salió a la calle sin mirar y un taxi estuvo a punto de atropellarla mientras cruzaba para meterse en Central Park.

Todo estaba nevado, era un paisaje irreal, le recordó a la decoración del hotel, pero ese parque era real, peligroso y frío. No podía dejar de llorar. Siguió corriendo y secándose los ojos con las manos. Poco después, notó que la seguían. Se dio la vuelta y vio a Eduardo.

Corrió más deprisa aún, pero sus zapatos de tacón no eran el mejor calzado para la nieve. No quería que la alcanzara y que pudiera ver en sus ojos que aún lo amaba.

Pero tropezó con la raíz de un árbol y se cayó. Eduardo se le acercó deprisa para ayudarla a levantarse.

—Vete, déjame —le dijo llorando—. ¡Déjame en paz!

—¿Crees que eres desechable para mí? —le preguntó Eduardo con seriedad—. ¿Eso piensas?

—No solo lo pienso, lo sé.

—Acabas de dar a luz —gruñó Eduardo enfadado—. No soy ningún bruto, no iba a forzarte a nada.

—Por supuesto que no, sobre todo cuando tienes a todas las modelos de esta ciudad haciendo cola frente a tu puerta. ¿Cómo voy a competir con eso? ¡Me has dicho tú mismo que estabas deseando divorciarte de mí!

—¡Dios mío, Callie! —replicó Eduardo—. ¿Es que no sabes cuánto te deseo, cuánto tiempo llevo así? Llevo un año deseándote y esperándote. Un año...

—No —susurró ella con incredulidad—. No puede ser cierto.

—¿Cómo puedes no saberlo? ¿No te has dado cuenta?

—Ni siquiera has tratado de tocarme, ni una sola vez. Y no me mirabas...

–Eras una madre primeriza y preferí darte tiempo –le dijo con ternura–. Lo último que necesitabas era que yo tratara de seducirte cuando apenas dormías por las noches. No necesitabas un amante, sino alguien que te ayudara, un buen padre.

Ella lo miró fijamente.

–Y lo has sido –le dijo emocionada–. El mejor padre que Marisol podría haber tenido.

Eduardo la abrazó, parecía muy aliviado.

–Gracias –susurró contra su pelo.

–¿De verdad me deseabas? –susurró ella.

Eduardo soltó una carcajada.

–Intenté no hacerlo y convencerme de que lo que pasó no significaba nada. Me ayudó un poco pensar que eras una mentirosa y que estabas con otro hombre, pero no podía olvidarte. No ha habido ninguna otra mujer desde la noche que estuviste en mi cama –le dijo entonces–. ¿Entiendes lo que te estoy diciendo? Ninguna otra mujer.

–Pero ha pasado un año y vi en las revistas unas fotos tuyas con esa duquesa española...

–Es muy bella, pero me dejó completamente frío –le confesó Eduardo.

Las lágrimas seguían cayendo por sus mejillas mientras miraba a su marido.

–No puede ser verdad... ¿Todo un año?

–¿No me crees? –le dijo Eduardo abrazándola de nuevo–. Cree entonces esto.

Bajó la cabeza y la besó una vez más.

Capítulo 6

A PESAR de la nieve y el frío que los rodeaba en ese oscuro rincón de Central Park, Callie sintió una explosión de calor en su interior.

Murmurando palabras en español, Eduardo la apretó aún más contra su pecho. El viento gélido de diciembre los rodeaba, pero apenas lo sentía, solo era consciente de sus labios y su deseo.

El beso se hizo cada vez más apasionado. Callie echó la cabeza hacia atrás para estar más cerca aún de él. Era increíble sentir su cuerpo fuerte y firme contra el de ella. Con un suave gemido, rodeó el cuello de Eduardo con sus brazos. Ya no sentía la nieve fría bajo sus pies ni oía el ruido del tráfico. Era una noche helada y oscura, pero no en su interior.

Eduardo acarició sus brazos y después su espalda desnuda. La necesidad la dominaba por completo y sentía que iba dejando un rastro de deseo por todo su cuerpo.

No dejaron de besarse durante mucho tiempo, no habría podido decir cuánto. De vez en cuando, recordaba lo que había pasado una noche de invierno como aquella. Solo había pasado un año y había sufrido mucho, pero no podía apartarse de él.

Enredó los dedos en el pelo de Eduardo. Era el hombre más fuerte y masculino que había conocido. Hacía que se sintiera femenina y delicada entre sus brazos. Su boca la devoraba y ella estaba totalmente a su merced.

Eduardo se apartó de repente. Estaba sin aliento.

Sacó el teléfono móvil de su pantalón y marcó un número.

–Sánchez –dijo sin dejar de mirarla–. Frente al hotel, en la esquina.

Colgó el teléfono, lo guardó y la tomó en sus brazos.

–No hace falta que me lleves –le dijo sorprendida–. No tengo frío.

–Déjame hacerlo.

Se relajó entonces contra su torso y dejó que la llevara en brazos. Se sentía muy ligera, como en una nube. Cuando llegaron a la acera, la dejó en el suelo con cuidado.

–Gracias –susurró ella con voz temblorosa.

Aunque no estaba temblando de frío, Eduardo se quitó la chaqueta del esmoquin y la colocó sobre sus hombros desnudos.

–No me des las gracias. Esto es lo que quiero hacer, cuidar de ti, Callie.

Tragó saliva al oírlo. Tenía la boca seca y el corazón le latía con fuerza. Comenzó entonces a nevar, podía ver gruesos copos de nieve contra la luz de las farolas. Le parecía increíble que no hubiera estado con nadie durante todo un año y más increíble aún que la deseara a ella.

–Callie, sabes lo que voy a hacer cuando lleguemos a casa, ¿verdad?

Le costaba respirar y sintió que se mareaba. Eduardo la deseaba tanto como ella a él.

Ya había pasado por la misma situación un año antes. La alegría y la angustia de esa noche habían estado a punto de acabar con ella. Y estaba tan cerca de volver a ser libre...

Pero se dio cuenta de repente de que no quería estar sin Eduardo. Lo abrazó y pegó la cara a su camisa blanca, escuchando el latido de su corazón. Permanecieron así, abrazados y en silencio, mientras caían los copos de nieve sobre sus cabezas.

–Ya ha llegado el coche –le anunció Eduardo con la voz cargada de deseo.

Mientras Sánchez se bajaba para abrirles la puerta, Eduardo tomó su cara entre las manos para besarla, pero ella se apartó en el último momento.

–No puedo –susurró angustiada.

–¿No puedes? ¿Por qué? ¿Porque amas a otro hombre?

Se subieron al coche. No podía dejar de mirarlo. Estaba tan guapo que se le encogió el corazón. Deseaba estar con él, pero sabía que no era buena idea.

–Tengo miedo –le confesó–. Esto no era parte del trato. Nuestro matrimonio no es real.

En realidad, temía que le rompiera por completo el corazón, más aún que la primera vez.

–¿Por qué dices eso?

–Me lo dijiste tú en los juzgados, cuando nos dieron la licencia de matrimonio y...

–No, fuiste tú la que lo llamó «un matrimonio de conveniencia». Y lo es, pero nunca dije que no fuera a ser un matrimonio en todos los sentidos. Te prometí ser fiel y lo he hecho, pero no puedo seguir deseándote el resto de mi vida y no hacer nada al respecto.

–No tienes que hacerlo, mañana hace tres meses que nos casamos. Nuestro matrimonio ha terminado, ¿no?

–No –repuso Eduardo con firmeza–. No habrá divorcio.

Callie sintió que el tiempo se detenía.

–¡Pero dijiste que solo serían tres meses! –protestó ella.

–He cambiado de opinión. Desde que sostuve a Marisol por primera vez, me di cuenta de que tenía que cambiar mis planes y que nuestro matrimonio sería para siempre. Es la mejor manera de criar a nuestra hija. Pensé que tú también te darías cuenta.

—Pero dijiste que te divorciarías de mí —susurró ella—. Me prometiste que nuestro matrimonio era solo para que nuestra hija fuera legítima, para darle tu apellido.

—Deberías estar contenta —repuso Eduardo con frialdad—. Siendo mi esposa, tienes todo lo que puedas necesitar. Una fortuna a tu disposición, hermosas casas, criados, ropa y joyas.

—Pero ¿qué pasa con...? ¿Qué pasa con la gente a la que quiero?

—Querrás a tus hijos, no necesitas a nadie más —replicó él de malos modos.

—¿Ni-niños? —tartamudeó ella—. ¿Más de uno?

—No me gustaría que fuera hija única. Marisol necesita hermanos.

Lo miró fijamente, recordando lo dura que había sido la infancia de Eduardo en España. Su madre lo había abandonado para irse con su amante y su padre, sintiéndose humillado, se pegó un tiro en la cabeza. A los diez años, Eduardo se fue a vivir con su tía abuela María, que vivía en Nueva York. Desde su muerte, estaba completamente solo. No tenía a nadie.

No podía imaginarse lo que era no tener familia. Por mucho que le molestaran las estrictas normas de sus padres y muy mal que se llevara a veces con su hermana, era mil veces peor verse abandonado por todos a los diez años. Lo compadecía, pero estaba demasiado enfadada para dar su brazo a torcer.

—¿Esperas que acceda sin más? ¿Solo porque quieres que sigamos casados para tener más hijos?

—Quiero que Marisol se sienta querida —le dijo Eduardo con firmeza—. Deseo que se sienta segura y protegida en un hogar feliz y con sus dos padres. No vamos a divorciarnos.

Horrorizada, Callie lo miró fijamente. No podía siquiera imaginarse lo que significaba seguir siendo la esposa de Eduardo para siempre. Era como una pesadilla.

Le fascinaba su certeza y determinación. Por un lado, creía que sería mejor para Marisol, pero no se veía capaz de seguir casada con él amándolo como lo amaba. Estaba condenándola a pasar toda su vida amándolo en secreto sin ser correspondida.

No sabía si podía sacrificar de ese modo su corazón, sin esperanza de ser amada.

—Mi familia tiene que estar presente en la vida de Marisol y en la mía. Echo de menos a mis padres, a mi hermana y a...

Se detuvo antes de terminar, pero lo hizo demasiado tarde.

—Y a Brandon McLinn, por supuesto —continuó Eduardo con una mueca de desagrado.

—No deberías haberme prohibido que lo llamara o lo viera. Acepté porque pensaba que serían solo tres meses.

—Ya sabía yo que no lo ibas a olvidar.

Se detuvo la limusina y Sánchez les abrió la puerta. No entendía por qué se lo tomaba todo tan mal y seguía mostrándose celoso. Entraron en el vestíbulo y Eduardo ni siquiera la miró. La pasión de Central Park parecía haberse evaporado como el humo.

Apretó el botón del ascensor y esperaron sin tocarse.

Eduardo se volvió de repente hacia ella con los puños cerrados y el ceño fruncido.

—Te he dado demasiado tiempo —le espetó enfadado—. Quería darte espacio para superar el pasado y aceptar tu nueva vida como señora de Eduardo Cruz, pero me equivoqué. Debería haber reclamado hace tiempo lo que me pertenece.

Callie lo miró con los ojos muy abiertos.

–No puedes...

Eduardo la abrazó y la besó con fuerza, apasionadamente. Trató de apartarse de él, pero no pudo. Se abrió la puerta del ascensor y él la tomó en sus brazos.

–Esta noche, esposa, vuelvo a mi cama –le dijo con firmeza.

Antes incluso de que se cerrara el ascensor, Eduardo ya la tenía atrapada entre la pared y su cuerpo, besándola como nunca la habían hecho. Ya había decidido que de nada le iba a servir resistirse. De hecho, ni siquiera podía pensar. Rodeó su cuello con los brazos y lo besó con la misma pasión y deseo que él. Podía sentir cuánto la deseaba, era evidente a través de la fina tela de su esmoquin. Todo su cuerpo desprendía un calor sofocante.

Cada vez la besaba más apasionadamente, era una sensación increíble.

Sonó de repente el timbre del ascensor y se abrieron las puertas. Volvió a tomarla en sus brazos y cruzó con ella el amplio vestíbulo.

No dejó de mirarla ni un segundo con sus intensos ojos negros mientras subía la escalera.

–¡Ya están en casa! ¡Qué pronto han...!

La señora McAuliffe se quedó boquiabierta al verlos así y desapareció tan rápidamente como había aparecido frente a ellos en el pasillo.

Por una vez en su vida, Callie no se sintió avergonzada. No le importaba.

Eduardo la llevó hasta el dormitorio principal y la dejó a los pies de la cama. Miró entonces el colchón. Había dormido sola durante tres meses, pero supo que esa noche sería distinta.

Su marido le acarició el pelo y después la mejilla. No dejaba de estremecerse. Eduardo le quitó la chaqueta del esmoquin que había usado para protegerla del frío y la dejó caer al suelo.

Acarició entonces la piel desnuda de sus hombros y la besó muy lentamente.

Sus labios eran suaves y cálidos, pero también podían ser firmes y duros. Sentía que todo su cuerpo estaba en llamas y se derretía su interior. Eduardo llevó las manos a su espalda y sintió que le bajaba la cremallera. De repente, también el vestido cayó a sus pies.

Dando un paso atrás, Eduardo la miró a la luz de la luna.

—Eres preciosa —susurró—. Llevo tanto tiempo esperándote. Demasiado tiempo...

Se quitó la pajarita y ella comenzó a desabrocharle la camisa, pero le temblaban las manos. Con impaciencia, Eduardo se quitó la camisa sin desabrocharla. Se quedó sin aliento ante la belleza de su torso. Los músculos de su pecho eran fuertes y definidos. Igual que sus anchos hombros y sus abdominales.

Se le acercó de nuevo y acarició sus caderas, no dejaba de mirarla como si quisiera devorarla. Era muy excitante y se sintió femenina y deseable, olvidando sus complejos.

Eduardo gruñó algo, agarró sus caderas y la llevó hasta la cama, sentándose y ayudándola a que ella se colocara a horcajadas sobre él. La besó entonces con ferocidad y ella le devolvió el beso con la misma intensidad, jadeando al sentirlo contra su piel.

Eduardo tomó sus pechos en las manos y ella sintió cómo se tensaban sus pezones. Nunca lo había deseado tanto. Le desabrochó el sujetador y vio que ahogaba un gemido al ver sus pechos llenos, mucho más grandes de lo habitual.

Comenzó a acariciar su piel desnuda con los dedos y Callie sintió una corriente de electricidad por todo el cuerpo, desde sus pezones hasta los dedos de los pies.

—Eres preciosa... —susurró de nuevo.

La cama estaba iluminaba por luz plateada de la luna. Era como si los dos estuvieran en su propio mundo mágico. Eduardo la tendió en el colchón sin dejar de mirarla. Después, se levantó y se quitó los pantalones y la ropa interior.

Se quedó sin respiración al ver a su esposo completamente desnudo y tan seguro de sí mismo. Parecía un guerrero de leyenda o un rey bárbaro y feroz. Se acercó a ella y comenzó a temblar al verlo así. No pudo evitar sentir cierta preocupación al ver su imponente erección, temió que fuera a dolerle después del parto y que no fuera capaz de hacer el amor con él.

Contuvo el aliento mientras le acariciaba la mejilla y besaba lentamente su cuello. Inclinó hacia atrás la cabeza y se dejó llevar por las sensaciones. Eduardo besó entonces uno de sus pechos, después el otro. Todo su cuerpo estaba en tensión, no aguantaba más.

—Eres mía, Callie. Solo mía —le dijo mientras la miraba con sus ojos oscuros—. Dímelo.

—Soy tuya —susurró ella.

Y sabía que era así. Había pertenecido a Eduardo desde que este le dio por primera vez la mano y la convirtió en su secretaria.

La besó lentamente, seduciéndola poco a poco hasta separar sus labios y jugar con su lengua.

Mientras tanto, Eduardo iba acariciando su estómago con una mano, bajándola hasta la cadera, rozando el borde de sus braguitas y consiguiendo que se estremeciera una vez más.

Su mano se movía muy lentamente, bajó hasta su muslo y volvió a subir entre sus piernas. Era una agonía casi insoportable, contuvo el aliento...

Pero Eduardo la hizo esperar un poco más y se distrajo con sus pechos. No lo soportaba. Suspiró y tiró de él, estaba deseando sentir su peso sobre el cuerpo.

Cuando notó que volvía a prestar atención a sus braguitas, comenzó a temblar. Era desesperante la lentitud con que la acariciaba. Sabía que estaba jugando con ella.

Fue entonces cuando por fin tiró lentamente de su ropa interior para desnudarla y solo escuchó el susurro de la fina seda sobre su propia piel.

Eduardo se tumbó sobre su cuerpo y volvió a besarla. Podía sentir su miembro contra la pelvis y se estremeció. Cada centímetro de sus cuerpos parecía unido por el deseo, el sudor y la pasión. Solo faltaba la unión final y ya no iba a tardar en llegar.

Lo deseaba, pero también temía que le hiciera daño.

Eduardo debió de darse cuenta porque se deslizó en su interior muy despacio, solo unos centímetros. Se quedó sin aliento. Estaba preparada para recibirlo, pero le costó un poco que su cuerpo volviera a adaptarse a él. Fue muy tierno con ella y desapareció muy pronto cualquier incomodidad. Era increíble sentirlo en su interior. Tan maravilloso como la primera vez... fue entonces cuando recordó lo que habían olvidado y abrió mucho los ojos.

–¡El preservativo!

–Es verdad, se me había olvidado... –repuso Eduardo mientras abría el cajón de la mesita.

Pero la miró entonces y volvió a cerrarlo.

–Ya no los necesito, querida. Nunca más –le dijo–. Eres mi esposa y me encantaría dejarte embarazada ahora mismo.

–¿Ahora? –repitió ella con los ojos como platos.

Pero era demasiado pronto para pensar en ello.

–No, no estoy lista para...

–Tenemos ocho dormitorios y quiero llenarlos –le dijo.

Pero no sabía si estaba dispuesta a comprometerse aún más con él.

Se deslizó de nuevo dentro de ella y Callie cerró los ojos, gimiendo de placer. En esos momentos, no le costaba soñar y pensar que tenía todo lo que siempre había querido. Era demasiado difícil tratar de razonar en esos instantes.

Se aferró a sus fuertes hombros, clavándole las uñas en la piel mientras arqueaba la espalda. Todo su cuerpo estaba en tensión, necesitaba más, un poco más. Quería que él la llenara por completo y pasar la eternidad entre sus brazos, unida a él.

Fueron intensificando el ritmo de sus movimientos, cada vez lo sentía más dentro de ella y estuvo a punto de gritar de placer. Pero incluso en ese instante, la realidad se entrometió. Ya había cometido ese mismo error una vez y no quería repetirlo.

–Preservativo –susurró sin aliento.

Durante unos segundos, Eduardo la miró fijamente, pero hizo lo que le había pedido.

Parecía enfadado y trató de calmarlo para disfrutar al máximo de ese momento.

–Gracias –susurró ella.

–No me las des –repuso él colocando un dedo sobre sus labios.

Agarró sus caderas y se deslizó dentro de ella. Callie se quedó sin aliento. Olvidó en ese instante en qué había estado pensando, solo existía el presente y ese hombre. Notó un estremecimiento muy profundo, un temblor en su interior que la dominó por completo.

Sentía cómo iba aumentando la tensión hasta hacerse insoportable. Echó hacia atrás la cabeza y dejó de respirar. Cerró los ojos y gritó. Fue una sensación increíble, de absoluto placer.

Él no tardó en alcanzar el clímax, embistiéndola con fuerza una última vez antes de dejarse llevar y gritar también.

Se dejó caer sobre ella, sudoroso y exhausto y ella lo abrazó contra su pecho.

–Eres mía y no tardarás en rendirte –le susurró Eduardo.

Lo miró a los ojos. El corazón le latía con tanta fuerza como si se le fuera a salir del pecho. Se quedaron medio dormidos. Estaba muy feliz entre sus brazos, allí se sentía segura.

Sabía que Eduardo tenía razón, era de él y su corazón ya se había rendido hacía mucho tiempo.

Capítulo 7

CALLIE se despertó con un sobresalto. No sabía qué hora era, pero creía haber oído al bebé.

Se levantó de la cama medio dormida y sonrió al recordar lo que había pasado, pero vio que Eduardo no estaba allí, se había ido.

Echó un vistazo al reloj que había sobre la chimenea. Eran las tres de la mañana. No sabía dónde podría estar y no entendía que se hubiera ido después de haber recuperado su cama como lo había hecho esa noche. Se sonrojó al recordarlo. No iba a poder olvidarlo.

Oyó de nuevo el llanto del bebé. Corrió por ella y la tomó en sus brazos.

–Ya pasó, ya pasó... Está bien –le susurró para tranquilizarla–. Mamá está aquí. Ya estoy aquí.

La llevó a la mecedora y comenzó a darle el pecho. No podía dejar de mirarla, era preciosa.

Recordó entonces lo que Eduardo le había dicho. Esa casa tenía ocho habitaciones y quería llenarlas de niños. No podía siquiera imaginar cómo sería vivir en una casa llena de niños como Marisol y con un esposo que la quisiera.

Pero sabía que la realidad era muy distinta y no sabía si podría seguir casada con Eduardo sabiendo que nunca la amaría como ella a él.

Habría sexo, eso no lo dudaba, pero no creía que fuera suficiente para ella.

Eduardo le había dicho que era suya, de nadie más.

Pero le costaba imaginarlo enamorado de alguien y preocupándose por otra persona que no fuera él mismo.

Marisol había sido la única que había conseguido ese tipo de atención.

No sabía si su hija y la pasión serían suficiente base para un matrimonio cuando ellos dos tenían valores tan diferentes.

Cuando la niña se durmió, la dejó con cuidado en la cuna para no despertarla. Supuso que dormiría al menos hasta las siete o las ocho. Cada noche dormía un poco más.

Y esperaba que así también ella pudiera descansar. Esa noche había dormido muy bien en los brazos de Eduardo, al menos hasta que se despertó y vio que estaba sola en la cama.

No dejaba de pensar en lo que él le había dicho. Quería que fueran una familia, pero no sabía si iba a funcionar.

Cabía la posibilidad de que Eduardo llegara a amarla como ella lo amaba.

Cerró confusa los ojos, no le extrañaba que él la viera como una ingenua y una sentimental.

Volvió a su oscuro dormitorio preguntándose dónde estaría a esas horas de la noche.

Pensó que quizás hubiera bajado a la cocina para comer algo.

Se puso una bata y bajó las escaleras, pero la cocina estaba oscura y vacía.

Volvió a la planta superior y escuchó entonces la voz de Eduardo en la habitación de invitados.

–Nada ha cambiado –le decía a alguien–. Nada.

Se acercó a la puerta con una mano sobre la boca y la otra sobre su corazón.

–No vuelvas a llamar –gruñó él antes de colgar el teléfono.

Pensó que quizás se tratara de una antigua amante y

que por eso se había ido del dormitorio, para que su esposa no pudiera oír la conversación.

Sabía que estaba siendo irracional, pero tenía miedo.

Eduardo le había asegurado que no había habido ninguna otra mujer desde la noche que pasó con ella. Ese hombre no era perfecto, pero sabía que no era mentiroso, todo lo contrario. Podía llegar a ser tan honesto que a veces rozaba la crueldad.

—¿Qué haces despierta?

Se sobresaltó al oírlo y vio que la miraba desde la puerta.

—Me levanté para darle de mamar a Marisol y vi que te habías ido —repuso ella algo nerviosa.

—Me fui para no despertarte, no podía dormir —le aseguró Eduardo.

—Vaya, lo siento. ¿Por qué? ¿Estaba roncando o algo así?

—No, no duermo bien acompañado. Nunca he podido hacerlo.

—¿Nunca? —le preguntó sorprendida.

—¿Has oído alguna vez que una mujer se haya quedado a dormir en mi cama?

—No —repuso tímidamente—. La verdad es que eras conocido por la rapidez con la que te desentendías de tus amantes, la verdad.

Eduardo se apoyó en el marco de la puerta y bajó la vista.

—Me cuesta bajar la guardia —le confesó.

—¿Incluso conmigo?

—Sobre todo contigo —susurró Eduardo mientras levantaba la vista para mirarla.

La penumbra del pasillo le impedía ver la expresión de su rostro. Pero podía distinguir una incipiente barba y sus ojos parecían más oscuros. Tenía aspecto de pirata, un pirata sexy y peligroso. Sin pensarlo, le puso una mano en su torso desnudo. Solo llevaba puesto los pantalones de un pijama de algodón.

–¿Puedo hacer algo para ayudarte a dormir? –le preguntó.

Se sonrojó al darse cuenta de que su pregunta podía sonar muy descarada.

–Me-me refiero a un vaso de leche tibia o algo así.

–No –repuso él–, pero gracias.

Se quedó callada unos segundos antes de preguntarle lo que quería saber.

–El año pasado, cuando fui a tu casa, ¿por qué no me echaste para poder dormir? –susurró ella.

–No eras una más, Callie. Eras importante para mí y quería que te quedaras.

–¿En serio? –susurró ella–. ¿Por qué?

–¿No lo sabes? –le preguntó mientras la abrazaba y le levantaba la barbilla para mirarla a los ojos–. Te necesito, Callie –añadió con una sonrisa que siempre conseguía derretirla.

Eduardo miró a su mujer en la penumbra del pasillo. Sus mejillas sonrosadas, sus ojos del color de las esmeraldas y su cabello largo y ondulado. Era sexy, dulce y muy deseable. Acababa de estar con ella y ya la deseaba otra vez. Quería más. Vio que se le llenaron los ojos de lágrimas.

–¿Me necesitas? –repitió Callie–. Pero pensé que solo querías tenerme aquí por el bebé.

–No es la única razón –repuso él acercándose un poco más a ella.

Callie estaba temblando y abrió la boca para decir algo, pero no lo hizo. No parecía atreverse.

–Quiero quedarme contigo y ser tu esposa –le dijo entonces en voz muy baja.

El corazón le dio un vuelco al oírlo.

–Querida...

–Pero no pienso ignorar a mis amigos ni a mi familia para que tú no te sientas inseguro.

–¿Sigues echándome en cara que te prohibiera hablar con Brandon McLinn?

–Sí, no permitiré que lo sigas haciendo.

–Olvídate de él, Callie –le dijo con firmeza y algo decepcionado.

–No. Es mi amigo.

–¿Tu amigo? –repitió enfadado–. Me dijo que habíais estado prometidos desde el instituto y que, aunque te hubieras acostado conmigo, yo no era nada para ti e ibas a deshacerte de mí.

Lamentó enseguida habérselo dicho. Callie se le acercó, parecía algo incómoda.

–Tiene una explicación –le aseguró ella–. El día de la fiesta de graduación, Brandon y yo hicimos un pacto. Si no estábamos casados a los treinta, nos casaríamos el uno con el otro.

–Pero si solo tienes veinticinco años.

–Lo sé. Empiezo a pensar que a lo mejor Brandon se sentía algo amenazado por ti.

Vio de repente que todo tenía sentido.

–No estabas enamorada de él, ¿verdad? –le preguntó entonces–. Brandon quería deshacerse de mí y funcionó –agregó mientras se pasaba la mano por el pelo–. Usó después el embarazo como excusa para conseguir lo que quería.

Callie parecía muy confusa.

–Él me quiere, es verdad, ¡pero como a una hermana!

–¿Cómo pude ser tan tonto? –se dijo fuera de sí.

Esa hermosa noche, cuando hicieron el amor por primera vez, cuando ella le entregó su virginidad, había pensado que su relación podría ser diferente. Pero había desechado esa preciosa conexión haciendo caso a las insinuaciones de su rival.

—Brandon McLinn está enamorado de ti –le dijo entonces–. Lo vi en sus ojos.

—No, estaría tratando de protegerme –protestó Callie.

—Puede que tú estés ciega y no veas sus verdaderos sentimientos, pero yo no lo estoy –repuso él con firmeza–. No volverás a hablar con él ni con tu familia.

—¿Qué? –exclamó Callie–. ¿Qué tiene que ver mi familia con todo esto?

No podía explicárselo sin descubrir lo que había estado escondiéndole por su propio bien.

—Soy tu marido y tienes que confiar en mí y obedecerme.

—¿Obedecerte? –repuso Callie cruzándose de brazos–. ¿En qué siglo vives? ¡Puede que seas mi marido, pero ya no eres mi jefe!

—Estoy tratando de proteger a nuestra familia. Tengo mis razones, Callie. Créeme –le pidió él mientras acariciaba con suavidad su mejilla.

Ella cerró los ojos y sintió que se estremecía, pero dio un paso atrás.

—No –repuso Callie–. Quiero ser tu esposa. Pero tengo que ver a mi familia y a Brandon.

—Podría llevarte a los tribunales –le amenazó él–. El acuerdo prenupcial...

—Muy bien, hazlo. Denúnciame –repuso ella.

Callie se había dado cuenta de que era un farol, no iba a denunciar a su propia esposa, a la madre de su bebé. Los dos lo sabían.

—No voy a permitir que...

—No te he pedido permiso. Simplemente, te lo estoy diciendo. Necesito tener relación con mi familia y también con Brandon. Y quiero que conozcan a Marisol. Voy a ir a casa a visitar a mi familia y, si quieres, puedes divorciarte de mí o denunciarme.

Se dio cuenta de que le había ganado la partida.

Pero seguía sin poder olvidar ni perdonar la manera en la que sus padres habían tratado a Callie cuando los llamó para anunciarles el nacimiento de su nieta. Tras la llamada, se había quedado llorando y rota de dolor. No podía olvidarlo.

Siempre había soñado con tener una familia propia, una en la que reinara el amor y no podía permitir que nadie le hiciera sufrir a Callie como lo habían hecho sus propios padres.

La miró y se le ocurrió una idea. Sabía que era algo reprobable, pero era por su bien.

–¿No has pensado que tal vez no quieran verte? –le preguntó–. Brandon McLinn no te ha llamado durante los últimos tres meses y tu familia no te devolvió la llamada que le hiciste.

Vio que había conseguido sembrar la duda en su mente.

–No puedo culparlos –le dijo Callie–. Lo que hice fue una gran decepción para mis padres...

–No digas eso. Has tenido un bebé y te has casado. Son buenas noticias y, cuando trataste de compartirlas con ellos, te lo hicieron pasar muy mal.

–Sé que te parecerá que fueron crueles conmigo, pero conseguiré que me perdonen –le dijo Callie con los ojos humedecidos por las lágrimas–. Tengo que intentarlo.

–¿Por qué no les escribes una carta antes de llamarlos? Si te presentas sin avisarlos, ¿cómo puedes saber si van a reaccionar bien? ¿Y si te dan con la puerta en las narices? ¿De verdad quieres correr ese riesgo?

Callie estaba pálida y lo miraba fijamente.

–Escríbeles antes de ir –insistió él–. Es la mejor manera de organizar tus ideas.

–Bueno, puede que tengas razón. Me moriría si me dieran con la puerta en las narices. O si se negaran a ver a Marisol. Aunque eso ni siquiera puedo imaginarlo –le dijo con algo de tristeza–. ¿Crees que debería escribir también a Brandon?

Eduardo suspiró y asintió con la cabeza.

–De acuerdo, lo haré –le dijo Callie sonriendo–. Gracias por ayudarme. No sé qué haría sin ti.

Nunca la había visto tan hermosa como en ese preciso instante.

Hipnotizado, acarició su mejilla y luego la abrazó. Sintió sus suaves pechos contra su torso y lo envolvió el aroma floral de su cabello.

–Ya te dije que no quiero que me des las gracias –le susurró al oído.

Sobre todo porque no iba a dejar que sus cartas llegaran a nadie de su familia ni a McLinn.

–Eres mi mujer, Callie, y haría cualquier cosa para mantenerte a salvo y feliz.

–¿Con quién hablabas por teléfono? –le preguntó ella de repente.

–¿Cómo?

–Me prometí que no iba a preguntarlo, que no era asunto mío, pero...

–Querida... –susurró él con una dulce sonrisa.

Callie era completamente transparente. Era algo que le gustaba mucho de ella.

–¿Creías que estaba hablando con otra mujer?

–Se me pasó por la cabeza. Todas esas mujeres te desean y...

–Pero yo solo deseo a una mujer –le dijo mirándola a los ojos–. Soy tuyo y solo tuyo, querida. Nunca te traicionaría, Callie.

—¿De verdad?

—Estaba hablando con un competidor —le dijo él sin mentirle del todo.

Callie suspiró aliviada y lo abrazó, apretando la cara contra su pecho desnudo.

Supuso que había oído solo el final de su llamada telefónica. De haber escuchado toda la conversación, no le habría preocupado que estuviera hablando con otra mujer. La realidad le habría dolido más aún.

—Intenta ponerte en contacto con mi esposa una vez más y te arrepentirás de haberlo hecho —le había dicho a McLinn.

—No puedes evitar que la vea. Los dos sabemos que no podrás hacerla feliz —le había contestado el otro hombre fuera de sí.

Eduardo llevaba meses evitando que Callie recibiera las cartas y las llamadas de McLinn. Este había llegado incluso a intentar entregarle un nuevo teléfono móvil en un sobre acolchado, pero su guardaespaldas lo había interceptado la noche anterior, mientras Callie se preparaba para el baile.

Le había enfadado tanto saberlo que decidió levantarse y llamar a McLinn a altas horas de la madrugada. El joven granjero lo había amenazado con llamar a la policía y denunciarlo por secuestro. No le preocupaba la policía, pero sí que McLinn regresara a Nueva York. No iba a poder evitar que ese hombre se le acercara a Callie cuando estuviera por la calle.

Necesitaba hacer algo para evitarlo.

Desde la boda, le había encargado a su detective que siguiera la pista de su esposa y de toda su familia. Eduardo había quemado las cartas que le habían enviado sus padres e incluso las flores de su hermana. Al principio lo había hecho porque no se fiaba de Callie.

Y había seguido después porque trataba de protegerla.

Durante esos meses, las cosas habían vuelto a la normalidad y el padre de Callie ya no mostraba su enfado en las cartas, pero Eduardo no se fiaba. Recordaba que incluso sus propios padres habían tenido sus días buenos. No quería que nadie volviera a hacerle daño.

Pero una voz en su interior le recordaba que esa no era la única razón. Aún le dolían las palabras de su padre. Lo había acusado de no ser lo suficientemente hombre como para pedirle la mano de su hija. Creía que nunca iba a ser un buen marido ni un buen padre.

Para Walter, como para muchos otros, Eduardo era un tirano egoísta y exigente, el hombre poderoso al que todos obedecían y despreciaban al mismo tiempo.

Trató de convencerse de que no necesitaba el respeto de ese hombre, pero no iba a permitir que nadie insultara a su esposa. Abrazó a Callie un poco más fuerte y respiró profundamente. Empezaba a confiar de nuevo en ella, pero en nadie más. Se había llevado demasiadas decepciones en la vida para permitir que alguien volviera a abandonarlo.

Se separó de ella y la miró. Callie lo observaba con el ceño fruncido. El camisón se le había abierto un poco y asomaban sus abultados pechos. Fue consciente en ese instante de qué era lo que necesitaba.

–¿Qué fue lo que me dijiste antes? ¿Sabes acaso cómo ayudarme a conciliar el sueño?

Callie se ruborizó al escuchar su sugerencia. Tomó su mano y la llevó de vuelta a la habitación. La empujó contra la cama con cuidado. Pensó que parecía un ángel a la luz de la luna, con su pelo castaño en una trenza y su pálida piel.

La besó apasionadamente y ella no tardó en responder con el mismo fuego, como si no hubieran hecho ya el amor unas horas antes. Se dio cuenta de que la deseaba más aún.

Callie lo acarició con sus delicadas manos, recorriendo su torso desnudo, los hombros y la espalda. Era una sensación increíble. Y no pudo contener un gemido cuando acarició su entrepierna por encima de los pantalones del pijama. Agarró su muñeca para detenerla.

–Si sigues así, no voy a durar mucho –le susurró él.

–Nadie te está obligando a esperar –repuso ella con una misteriosa sonrisa.

–Querida... –susurró mientras se desataba los pantalones y se los bajaba un poco.

A Callie se le fueron los ojos a su erección y la tomó en sus manos. Era increíble. Se quedó sin aliento y el corazón le latía a mil por hora. Quería estar dentro de ella y sentir que eran uno.

–¿Qué estás...? –gimió él.

Callie lo miró con los ojos llenos de deseo y necesidad mientras tiraba de él.

–Tómame, hazme tuya –susurró.

No podía esperar más. Callie era preciosa y estaba en su cama, esperándolo... No se tomó siquiera el tiempo necesario para desnudarse del todo. No podía.

Se deslizó entre sus muslos y ella gimió y se aferró a sus hombros. Su rostro reflejaba la intensidad y la angustia del éxtasis. Pensó durante un segundo que le había hecho daño y trató de retirarse, pero ella lo detuvo.

–No –susurró Callie clavándole las uñas en la carne y comenzando a mover las caderas–. Más.

Hizo lo que le pedía y ella gimió de placer. Aumentó entonces la intensidad y la rapidez de los movimientos hasta que el cabecero de la cama golpeó con fuerza la pared.

–¡Para! –susurró ella con los ojos muy abiertos–. ¡No despiertes al bebé!

No pudo evitar echarse a reír y le dio un tierno beso en la frente. Agarró las caderas de Callie para controlar mejor sus movimientos y hacerlo más lentamente. Sin saber por qué, le dio la impresión de que verse forzado a guardar silencio no hacía sino aumentar el placer. Era como si estuvieran haciendo algo prohibido.

Siguieron así, cada vez con más intensidad hasta que ella se aferró a sus brazos y oyó su grito silencioso. No tardó en llegar él también al éxtasis y todo su cuerpo se estremeció. Fue una sensación maravillosa, una explosión de placer.

Se dejó caer sobre ella. Algún tiempo después, no habría podido decir cuánto, se dio cuenta de que podía estar haciéndole daño con su peso.

Fue un momento precioso y tuvo incluso la sensación de que podría llegar a dormirse...

Empezó a alejarse de ella, pero Callie lo agarró del brazo.

–Quédate conmigo –le pidió.

Dudó un segundo, sabía que no sería capaz de dormir a su lado. Pero en ese momento, no podía negarle nada. Se tumbó a su lado y la atrajo hacia su torso.

Callie lo miró entonces a los ojos.

–Te quiero –susurró ella.

Sus palabras lo sorprendieron.

–Te quiero, Eduardo –repitió abrazándose a su torso–. Nunca dejé de amarte y nunca lo haré.

Le acarició el pelo sin saber qué decir. Esas palabras eran un regalo repentino y precioso. Nunca se las había dicho a nadie ni había querido que se las dijeran, pero en ese momento, le pareció lo más dulce para sus oídos y auténtico veneno para su corazón.

Se dio cuenta de que cada vez tenía más que perder y más que proteger. La abrazó con fuerza. Se preguntó si seguiría amándolo si supiera lo que había hecho.

–¿Qué te parece si pasamos la Navidad en el sur de España? –le preguntó de repente con forzada alegría–. Tengo una casa en la costa, cerca del pueblo donde nací. ¿Qué dices?

Lo que más le gustaba de esa idea era estar a miles de kilómetros de Brandon McLinn.

Ella le sonrió medio dormida.

–Iría a cualquier sitio contigo –le susurró Callie.

Le emocionó ver que su esposa tenía un espíritu generoso y un corazón confiado. Ella conocía sus defectos mejor que nadie. Y a pesar de todo, lo quería. Pensó que era el mejor regalo que le habían hecho y el que menos se merecía.

Se quedó dormida en sus brazos y él se distrajo mirando las luces de la ciudad por la ventana. A pesar del frío de ese diciembre, la confesión de Callie había conseguido derretir su corazón. Era como un cálido sol para un hombre que había pasado su vida medio congelado.

Decidió en ese instante que nunca dejaría que se fuera de su lado.

No quería perderla. No iba a dejar que sucediera.

Capítulo 8

SENTADA junto a la piscina y con vistas al Mediterráneo, Callie trató de convencer a su pálido cuerpo para que se bronceara bajo el cálido sol de España. Marisol estaba echándose la siesta dentro de la lujosa casa. Le encantaba ese lugar. Seguía muy blanca, pero nunca había sido tan feliz.

Tan feliz y tan triste al mismo tiempo.

Llevaban cuatro meses lejos de Nueva York. Su apuesto marido los había llevado por todo el mundo en su jet privado. Había visitado lugares con los que había soñado desde su infancia. Habían pasado la Navidad en España. El día de Nochebuena habían celebrado con una cena romántica una especie de aniversario de la primera vez que habían estado juntos.

Cuando se despertó a la mañana siguiente, Eduardo ya no estaba. Fue a buscar a la niña y bajaron al salón para descubrir una obscena cantidad de regalos bajo el árbol. De pie a su lado estaba él, disfrazado con un traje de Santa Claus y una barba blanca.

Marisol se había echado a reír al verlo y ella también. Su padre le había comprado los juguetes más caros y más ropa de la que iba a poder usar, pero la niña se había limitado a jugar con el papel que lo envolvía.

–¿Ves lo que pasa cuando te gastas demasiado dinero en un bebé, Santa Claus? –le dijo ella.

–Sí –repuso él–. Y también tengo algo para ti, señora Claus. Perdón, quería decir «señora Cruz».

Metió la mano en su saco y le dio un llavero con sus iniciales. Parecía de oro y diamantes.

–Es precioso. Pero, ¿cómo me regalas algo así? Me va a dar miedo perderlo... –repuso ella.

–El llavero no es el regalo, sino la llave –le dijo él–. Sal a la calle.

Aunque seguía en pijama, hizo lo que le pedía. Se quedó boquiabierta al ver lo que le esperaba en el jardín de la casa, un flamante Rolls-Royce.

–Su color plateado me recordó a ti –murmuró Eduardo acercándose a ella por detrás–. Llevabas un vestido del mismo color la noche del Baile de Invierno. Brillabas como una estrella.

Se volvió para mirarlo y le quitó la barba blanca.

–Y cada día me pareces más bella aún, señora Cruz –agregó él acariciándole la mejilla.

Se puso de puntillas y le dio un beso con todo el amor que sentía por él. No se detuvo hasta que Marisol empezó a retorcerse y a quejarse. Sonriendo, se separó de Eduardo. Creía que era mejor que la niña no la viera besando a Santa Claus.

–Gracias –le dijo con lágrimas en los ojos–. Pero ahora mi regalo te parecerá muy poco.

–¿Qué me has comprado?

–Una pastilla de jabón y una corbata muy fea –bromeó ella.

–¿Sí? Qué bien, justo lo que necesitaba –repuso él.

En realidad, se trataba de una taza para el café que Marisol y ella habían hecho juntas. La había decorado con las huellas de las pequeñas manos de su bebé. Sabía que iba a encantarle.

–Tenerte a ti como esposa es el único regalo que necesito, Callie –le dijo Eduardo con seriedad.

Estaba feliz, pero su sonrisa desapareció cuando recordó el hueco que tenía en su vida.

–Pensé que hoy por fin me llamaría mi familia –le confesó muy triste–. Es Navidad...

–No te preocupes, querida, seguro que hablarás pronto con ellos.

Pero llevaban ya demasiados meses ignorándola. Les había enviado una carta cada semana con fotografías de Marisol y de su vida en Europa. En ellas les hablaba de la niña y de todo lo que le pasaba. También les había confesado lo que sentía por Eduardo. Habían sido cartas en las que les había dejado su corazón, por no había tenido ninguna respuesta de ellos.

Su esposo viajaba con frecuencia por todo el mundo, pero a menudo lo acompañaban ellas dos. Estaba siendo una experiencia increíble conocer tantos sitios distintos.

Habían pasado el día de San Valentín en París, en una lujosa suite con vistas a la torre Eiffel. Eduardo la había sorprendido allí con una cena romántica. Se estremeció al recordar el champán, las fresas bañadas en chocolate y los ardientes besos que habían compartido.

Uno de sus últimos viajes había sido a Italia. Alquilaron en Venecia un palacio con vistas al Gran Canal y compartieron un romántico paseo en góndola. Sonrió al recordar que Marisol había probado su primer *gelatto* en Roma.

Había sido increíble compartir esas aventuras en familia. Ella había crecido en una granja y nunca había viajado con sus padres. Nunca podría haberse imaginado que iba a tener una vida como aquella, tan internacional y glamurosa.

Empezaba a atardecer y la suave brisa del Mediterráneo mecía las palmeras del jardín. Echó la cabeza hacia atrás para contemplar el cielo azul. Cerró los ojos y dejó que el cálido sol de España la llenara de energía.

Se dio cuenta de que llevaban siete meses casados y

aún no se había quedado embarazada, aunque Eduardo no se cansaba de intentarlo.

Cada noche, después de hacer el amor, Eduardo la abrazaba hasta que se quedaba dormida. Después se iba al cuarto de invitados para dormir solo. No le gustaba despertarse y ver que él no estaba a su lado, pero era la única queja que tenía. Su vida era perfecta con su nueva familia.

Aun así, echaba de menos a la otra familia, la que tenía en Dakota del Norte.

Las cartas no habían servido de nada y pensó que había llegado la hora de hacer algo drástico.

—¡Callie!

Abrió los ojos y sonrió al ver que se le acercaba Eduardo. Llevaba puesto un bañador y se le fueron los ojos a su musculoso torso y a sus fuertes brazos. Tenía una forma tan sensual de andar y moverse que conseguía seducirla aún sin intentarlo.

—Me gusta verte aquí, junto a la piscina —le dijo Eduardo mientras contemplaba su diminuto bikini—. Pero ¿no tienes calor con toda esa ropa?

Ella se echó a reír.

—Siempre me dices lo mismo. Lo hiciste en enero, cuando la lluvia nos sorprendió y no podía dejar de temblar. ¡Estaba helada y empezaste a quitarme la ropa diciendo que debía de tener calor! —se quejó ella entre risas.

—Solo quiero que sepas que siempre estoy disponible para ayudarte con la ropa —le dijo con fingida inocencia—. ¿Quieres darte un baño conmigo?

Su mirada le hizo sospechar que el baño terminaría con ellos dos desnudos y en la cama. El calor de sus ojos siempre conseguía dejarla sin aliento. Le encantaba ver que seguía pareciéndole atractiva después del embarazo y no dejaba de decírselo ni de demostrárselo.

—De acuerdo —repuso sonriendo.

Eduardo tiró de ella para que se levantara y se metieron en el agua. Era agradable refrescarse después de haber estado tomando el sol. Nadaron unos minutos. Después, él la tomó en sus brazos y la besó. Se aferró a él con todas sus fuerzas, saboreando la increíble sensación de tener su musculoso cuerpo contra el suyo.

Lo amaba con todo su corazón. Y, aunque él no se lo había dicho aún, estaba convencida de que era solo una cuestión de tiempo.

–Querida, te voy a echar mucho de menos –le susurró Eduardo entonces.

–¿Por qué? –repuso ella–. ¿A dónde te vas?

–A Marrakech, tengo pendiente un negocio importante.

–¿A Marruecos? ¿Cuánto tiempo estarás allí?

–Eso es lo malo, tengo que tratar con un empresario que es bastante impredecible. Las negociaciones podrían durar un día o una semana.

–¿Una semana? ¿Una semana en la casa sin ti? No voy a soportarlo...

–Yo también te echaré de menos.

Respiró profundamente y decidió contarle su plan.

–Pero sería el momento perfecto para visitar a mis padres. Podría ir en el otro avión y...

–¿Cómo? –repuso Eduardo frunciendo el ceño.

–He estado escribiendo a mi familia cada semana durante cuatro meses, pero no ha servido de nada, tengo que ir a verlos.

Eduardo la miró fijamente y le dio la impresión de que estaba más pálido.

–No, no puedes ir –le dijo con firmeza.

–¿Por qué? –repuso indignada.

Ya había supuesto que iba a tener que pelearse con él y estaba preparada para ello.

–¿Qué más te da que nos vayamos? Tú estarás en Marruecos.

–Iba a proponerte que os vinierais Marisol y tú conmigo. Marrakech es precioso en abril.

–Ese no era el plan que me explicaste hace unos minutos –le dijo ella con suspicacia.

–Los planes cambian.

Se miraron a los ojos. El agua de la piscina los mecía ligeramente. La brisa era algo más fuerte y agitaba las palmeras. Les llegaba hasta allí el rugido del mar y los sonidos de las aves marinas. Estaba rodeada de belleza, pero no podía seguir ignorando el vacío que tenía en su corazón.

–Los echo mucho de menos, Eduardo –le dijo con lágrimas en los ojos–. No sé qué más puedo hacer para conseguir que me perdonen.

–Pensé que eras feliz aquí –repuso él con un tono de reproche.

–Y lo soy, pero los echo de menos a cada hora, todos los días. Es como un agujero en mi corazón –reconoció con las lágrimas rodando por sus mejillas–. No puedo soportar su silencio. Me siento perdida sin ellos.

Eduardo la miró durante un buen rato. Después, cerró los ojos y exhaló.

–De acuerdo –le dijo en voz baja.

–¿Te parece bien?

–No quiero que veas a McLinn, pero sí a tus padres y a tu hermana.

–¿Puedo ir a verlos a Dakota del Norte? –susurró ella sin poder creérselo aún.

–No, no quiero que estéis tan lejos de mí, pero yo tengo que estar en Marrakech mañana...

–Así que debo posponer mi visita, ¿no?

–No –repuso Eduardo mientras le levantaba suavemente la barbilla–. Alquilaré un jet privado que recoja a tu familia. Si quieren venir, nos encontraremos con ellos mañana en Marrakech. ¿Qué te parece?

Lo miró sorprendida, sin saber qué decir.

—Así podrás verlos y ellos tendrán la oportunidad de conocerme —le dijo Eduardo apartando la vista—. No solo como el multimillonario que posee los yacimientos de petróleo de su pueblo, sino como tu marido y el padre de Marisol. ¿Te parece bien?

—¡Me parece fenomenal! —exclamó ella.

Lo abrazó con fuerza y lo besó una y otra vez. Besó sus mejillas, la frente, la barbilla...

—¡Eduardo, te quiero tanto! ¡Gracias, mi amor, gracias!

Su esposo parecía la escultura de un dios griego. Nunca se cansaba de contemplar su musculoso cuerpo. Las gotas de agua que cubrían su piel bronceada brillaban al sol. La agarró por la cintura para levantarla y ella lo rodeó con sus piernas.

—Esta vez, sí dejaré que me des las gracias... —le susurró Eduardo.

La besó entonces apasionadamente bajo las palmeras y el cálido sol de España.

Muchas horas más tarde, Eduardo contempló a su esposa mientras dormía desnuda en sus brazos. Pasaba ya de la medianoche y se dio cuenta de que deseaba dormir con ella.

No solo quería hacerle el amor, esa parte era fácil.

Callie le parecía una mujer bellísima y creía que cualquier hombre la desearía en su cama.

Recordó la emoción que había sentido su esposa al poder por fin hablar por teléfono con sus padres esa misma tarde. Había estado tan contenta que ni siquiera le había llamado la atención que a sus padres les sorprendiera saber de ella o el hecho de que estuviera viviendo en España. Había habido muchas lágrimas a ambos lados de la línea telefónica y los Woodville habían accedido a tomar el avión que había fletado y a unirse con ellos en Marruecos.

Habían pasado las siguientes horas organizando otros detalles del viaje. Callie estaba loca de alegría y, después de acostar al bebé, lo había llevado a la cama con una sugerente sonrisa.

Después de hacer el amor, la había sujetado entre sus brazos hasta que se durmió, era algo que hacía siempre.

Miró con tristeza a su alrededor. Él también había tratado sin suerte de conciliar el sueño, pero siempre le pasaba lo mismo. Después de hacer el amor, se sentía completamente relajado y en paz, pero el sueño desaparecía en el preciso instante en que cerraba los ojos.

Nunca había podido dormir con ninguna de las mujeres con las que se había acostado.

Hasta ese momento, nunca le había preocupado no poder hacerlo. Había pensado que sería distinto con Callie, pero ni siquiera con ella sentía que podía bajar por completo la guardia.

Suspiró al ver que tampoco esa noche iba a poder dormir con ella. Tendría que levantarse e irse a la habitación de invitados.

Pero quería dormir con su esposa y, más que nada en el mundo, quería merecerla.

Desde la boda, había hecho todo lo posible para que su familia estuviera a salvo y feliz. Había apoyado a Callie en todos los sentidos.

Excepto en uno. Ninguna de sus cartas había llegado a salir de esa casa y tampoco había dejado que llegaran a sus manos las de su familia.

Sintió un escalofrío al pensar en lo que había hecho. No sabía si Callie lo perdonaría cuando lo descubriera. Esperaba que entendiera sus motivos.

Pero cuando vio esa tarde cómo lloraba Callie en la piscina, se derrumbó. Temía lo que iba a pasar cuando hablara con sus padres y descubriera lo que había hecho. Era posible que el servicio de correos extraviara una carta, pero no decenas de ellas.

Se dio cuenta de que tendría que contárselo él antes de que lo descubriera. Creía que era mejor que permitir que fuera Brandon McLinn, por ejemplo, el que se lo dijera. Estaba harto de sentir siempre el fantasma de McLinn acechándolos. Era como si creyera que, el día menos pensado, Callie se hartaría de estar con un hombre como él y decidiera dejarlo. Sentía que Brandon McLinn estaba esperando entre las sombras a que él cometiera un error para arrebatarle a Callie.

Y temió que ocultarle la verdad a su esposa fuera el error que pusiera en peligro su relación.

Angustiado, abrazó a Callie con más fuerza.

Sus padres y su hermana ya volaban hacia allí, pero su detective estaba teniendo problemas para localizar a Brandon McLinn. Temía que hubiera descubierto dónde vivían y estuviera ya en España, pero recordó que estaban a punto de salir en unas horas hacia Marruecos.

Le entristeció ver la cara de Callie, dormida a su lado. Ella confiaba en él y sabía que él debía hacer lo mismo. No podía seguir investigando a su familia ni a Brandon McLinn, sabía que tampoco era buena idea revisar su correo electrónico ni controlar sus llamadas telefónicas.

Lo que necesitaba de verdad era relajarse y confiar en ella. Y confiar también en el resto del mundo.

Pero no podía. Para él, era como volar a ciegas. Si no lo controlaba todo, sentía que no podría evitar una catástrofe ni mantener a su familia a salvo. Necesitaba estar seguro de que ella nunca lo dejaría, que nunca iba a romper su corazón ni el de Marisol.

Trató de calmarse concentrándose en la tranquila respiración de Callie y cerró los ojos, pero todo su cuerpo estaba tenso y el sueño no llegó.

Se sentó en la cama y vio que empezaba a amanecer. Escuchó el suave canto de los pájaros y el rugido del mar. Se pasó las manos por el pelo. Quería merecerla, confiar en ella, amarla.

–¿Eduardo? –susurró ella de repente colocando una mano en su espalda.

Se dio la vuelta y vio que Callie lo miraba con los ojos llenos de emoción.

–¿Qué te pasa? –le preguntó preocupada.

La miró de arriba abajo. Estaba desnuda y confiaba plenamente en él. Le pareció tan hermosa...

–Soñé que me dejabas –le contestó en voz baja.

Callie abrió mucho los ojos y se incorporó en la cama.

– Eso no va a pasar nunca –repuso abrazándolo y tirando de él para que volviera a tumbarse.

–Mis padres también se querían al principio –le dijo él mientras le acariciaba la melena–. Quisieron tener un hijo y construyeron una casa. Pero después se fueron distanciando y los secretos y las mentiras acabaron con ese amor. Mi madre conoció a otro hombre y mi padre nunca lo superó.

Callie tomó con cariño sus manos.

–Eso no nos va a pasar a nosotros –le aseguró ella.

Apartó la mirada hacia la ventana, hacia las luces grisáceas del amanecer.

–Fue un sueño... –insistió él.

Callie lo miró algo confusa, frunciendo el ceño.

–Pero tú nunca duermes, no sueñas –murmuró.

Se volvió para mirar a su bella esposa. Era muy buena persona y confiaba en todo el mundo, aunque no lo mereciera. Respiró profundamente y se estremeció.

–Ahora sí –susurró él.

Capítulo 9

CALLIE estaba tan nerviosa que no podía dejar de moverse mientras salían del aeropuerto Marrakech. Eduardo, que conducía el todoterreno en el que viajaban, acarició su rodilla para tratar de calmarla.

–Lo siento –repuso ella mirándolo de reojo–. Es que estoy tan nerviosa y emocionada...

–Sí, lo sé –repuso Eduardo con una sonrisa.

Pero el dulce gesto apenas duró y volvió a concentrarse en la carretera, agarrando con fuerza el volante. Le extrañó que estuviera preocupado por la reunión de trabajo que tenía ese día. Era algo que no solía afectarle tanto.

No entendía por qué parecía tan tenso. Se giró para mirar a Marisol, que iba en la parte de atrás del coche. Detrás de ellos iba otro vehículo con su personal y los guardaespaldas.

Pasaron por delante de unas murallas del siglo XII, también se veía la medina y un desierto lleno de palmas.

Se volvió para mirar de nuevo a su marido, el hombre más guapo del mundo. Llevaba un traje oscuro y era tan moreno que parecía un jeque. Ella se había puesto un caftán largo de color morado. Se sintió como una princesa árabe a su lado.

Era el día más feliz de su vida. Creía que ya no tenía motivos para seguir estando triste.

–Gracias –le dijo ella por enésima vez.

Eduardo le dirigió una mirada de reojo.

–Déjalo ya, Callie.

–No sabes lo que esto significa para mí.

–Lo digo en serio, no me des las gracias –insistió algo irritado.

Salió de la carretera principal y se acercó a una garita. Eduardo le dijo algo en francés al guardia de seguridad y se abrió la gran puerta metálica.

Entraron entonces por el camino que conducía hasta un enorme *riad*, el típico palacio marroquí. Tenía dos plantas y estaba rodeado de jardines. Vio estilizadas palmeras rodeando una gran piscina que brillaba bajo el sol. La gran casa tenía una mezcla de la arquitectura tradicional marroquí con un toque de glamour francés.

Se asomó a la ventanilla estirando la cabeza para poder verlo todo. Era una casa preciosa.

–¿Qué es esto?

–Fue un hotel en los años veinte, pero ahora pertenece a Kasimir Xendzov, que nos lo ha dejado para que lo utilicemos durante nuestra estancia en el país.

–¿Él no va a estar aquí?

–No –repuso Eduardo.

–Pero... No entiendo por qué no vive en esta mansión –comentó sorprendida.

–No le gusta estar en la ciudad, prefiere vivir como un nómada en el desierto –le explicó Eduardo con una sonrisa–. Como esos jeques de las novelas de amor que tanto te gustan.

–Pero él es ruso, ¿no?

–Sí, la gente de aquí lo llama «el zar del desierto».

–¿En serio? Y ¿cómo es?

–¿Quién? ¿Kasimir? Frío y despiadado como su hermano. ¿Recuerdas a Vladimir Xendzov?

–¿El príncipe Vladimir? ¿El hombre que nos robó el negocio de Yukón?

–Sí. En realidad no es un príncipe, aunque él diga lo contrario. Pero sí, son hermanos y se han pasado los últimos diez años tratando de destruirse el uno al otro.

–¡Eso es horrible! –exclamó horrorizada.

–Sí, pero me ayudará a conseguir lo que quiero.

–Ese Vladimir era un corrupto y hombre muy peligroso. Lo recuerdo perfectamente –le dijo ella algo preocupada–. ¿Crees que es buena idea pactar con su hermano?

–No te preocupes. Aquí estamos a salvo. Kasimir es nuestro anfitrión y su honor está en juego.

Aparcó frente a la puerta, se bajó del coche y le entregó las llaves a un criado que los había salido a recibir. Callie lo siguió con su hija de siete meses en sus brazos. Podía oír el agua de una fuente cercana. Levantó la vista para contemplar mejor la impresionante casa y vio una sombra en movimiento tras unas cortinas.

–¿Está aquí? –susurró ella algo asustada.

Eduardo asintió con la cabeza y ella se estremeció. Entró en la casa con la niña apoyada en su cadera. La seguían su marido y los guardaespaldas.

El diseño de la casa por dentro era de inspiración árabe, con techos planos y mosaicos en las paredes. Había arcos en vez de puertas y decoraciones florales y geométricas en muebles y techos. Era impresionante.

Vio un patio interior con muchas plantas y flores. Respiró profundamente al atravesarlo. Era maravilloso estar allí y escuchar el agua de la fuente mezclada con el canto de los pájaros.

Oyó entonces un grito de mujer.

Se giró deprisa e instintivamente levantó el brazo para proteger a su hija de un peligro invisible.

Pero no había ningún peligro, sino su hermana, que corría hacia ella.

–¡Sami! –exclamó Callie.

Vio entonces que también estaban sus padres.

–¡Mamá! ¡Papá!

–Callie, mi Callie... –susurró su madre llorando mientras la abrazaba–. ¿Es tu bebé? ¿Mi nieta?

–Sí, es Marisol –respondió Callie con la voz cargada por la emoción del momento.

Su madre no dejaba de llorar mientras abrazaba a Sami, a Marisol y a ella. Su padre se les acercó entonces y las abrazó a todas con sus largos brazos. Le sorprendió ver que él también estaba llorando. Era la primera vez que lo veía así.

–¡Os he echado tanto de menos! –les dijo Callie.

Miró a Eduardo por el rabillo del ojo. Estaba a cierta distancia, observándolos.

–Ha sido culpa mía –le dijo su padre–. No debería haberte escrito esa carta tan desagradable, pero estaba muy enfadado. Tu madre no dejaba de llorar y ya sabes que no puedo pensar con claridad cuando está llorando. No me extraña que no hayas querido saber de nosotros...

A su padre se le quebró la voz y no pudo seguir hablando.

No sabía a qué se refería, pero estaba tan feliz en esos instantes que no quiso preguntárselo. Marisol, al ver a todos esos adultos llorando a su alrededor, gimió con una mueca algo asustada y miró a su madre de reojo.

–Todo está bien, cariño –le dijo Callie sonriendo–. Por fin está todo bien, no te preocupes.

Jane Woodville tendió los brazos hacia su nieta con lágrimas rodando por sus mejillas regordetas. Vio entonces cuánto se parecía Marisol a su abuela.

–¿Puedo? –le preguntó a Callie su madre.

Le entregó a Marisol para que la sostuviera. La niña se quedó unos segundos algo asustada, pero Jane no tardó en ganarse su confianza.

Unos minutos más tarde, fue su tía Sami la que quiso

sostenerla y después, el abuelo Walter. Marisol se había acostumbrado enseguida a ellos y no tardó en reír.

Miró entonces a su familia, le parecía imposible que hubiera estado separada de ellos durante siete meses. Eran las personas más buenas que conocía y los quería con locura.

A excepción de su marido. Miró con adoración a Eduardo, pero seguía sin acercarse a ellos.

–Mari-Marisol... –pronunció su padre con algo de incertidumbre.

Callie se volvió hacia él, sonriendo y con los ojos llenos de lágrimas.

–Marisol Samantha Cruz –les dijo Callie.

–¿Le has puesto mi nombre? –replicó Sami al oírlo–. Entonces, ¿me has perdonado aunque te traicionara como lo hice? Creía que estaba haciendo lo correcto al llamar a tu exjefe, pero la verdad es que no quería que te casaras con Brandon –le confesó–. ¿Cómo puedes perdonarme?

–Porque hiciste lo correcto –repuso Callie–. Eduardo y yo estábamos destinados a estar juntos y, gracias a ti, lo estamos. Somos muy felices. Felices de verdad.

Miró de nuevo a su marido, no sabía por qué no se les acercaba. Le pareció muy raro.

Su madre, que estaba a su lado, también lo miró.

–Te quiere, cariño –le dijo Jane en voz baja.

–¿Cómo lo sabes?

–Por la forma en que te mira –repuso su madre mientras le apretaba la mano–. Me cuesta creer que estemos en Marruecos. Siempre le he dicho a tu padre que quería viajar y ver el mundo y él me decía que lo haríamos en cuanto fuera gratis. El avión privado de Eduardo ha sido la respuesta a mis oraciones.

Las dos mujeres se echaron a reír y se abrazaron de nuevo.

Pasaron el resto de la tarde hablando y riendo mientras los criados de Kasimir Xendzov les servían comida y bebidas. Eduardo se mantuvo en todo momento fuera del grupo hasta desaparecer algún tiempo después para preparar la reunión de negocios con sus ayudantes.

Su comportamiento tenía a Callie completamente desconcertada. Suponía que solo trataba de darle un poco de espacio con su familia, pero estaba preocupada. Era como si Eduardo no fuera consciente de que esa era ahora también su familia.

Después de una deliciosa cena de cuscús y cordero, Callie les dio las buenas noches a sus padres y a su hermana. Estaban muy cansados por culpa del viaje y el desajuste horario y los acompañó a sus lujosas habitaciones.

Después, le dio un biberón a Marisol y la metió en una cuna que habían instalado junto a su dormitorio. Por primera vez en todo el día, se quedó sola.

Se acercó a la cama. Era muy grande y estaba cubierta con almohadones azules y bellas telas bordadas.

Oyó un ruido tras ella y, sobresaltada, se dio la vuelta.

Eduardo la miraba desde la puerta. Estaba muy serio y preocupado, como si estuviera preparándose para recibir malas noticias.

—¡Aquí estás! —le dijo ella frunciendo el ceño—. ¿Dónde has estado? ¿Por qué no viniste a hablar con mi familia?

—No quería entrometerme —le explicó Eduardo.

—Pero ahora tú también eres parte de la familia.

Eduardo cerró la puerta y se le acercó. Parecía algo tenso.

—Tu familia no es rica.

Cada vez estaba más confusa, no entendía por qué cambiaba de tema.

—No, no lo es. Y ahora están aún peor. La granja de

mis padres ha tenido un par de años bastante difíciles, con malas cosechas y...

—Pero, aun así, os queréis —la interrumpió Eduardo acercándose un poco más.

—Por supuesto que sí —repuso desconcertada—. Somos familia.

No parecía muy convencido.

—Siempre he creído que el dinero era lo que unía a una familia, que una buena situación económica es lo que hacía que la gente se quisiera lo suficiente como para quedarse.

A Callie se le hizo un nudo en la garganta.

—El dinero no tiene nada que ver con todo eso. ¿Acaso no lo sabías?

Eduardo le dedicó una breve sonrisa.

—Me alegra que pudieras pasar tiempo con tu familia hoy, pero ahora tengo que seguir trabajando para preparar la reunión de mañana con Xendzov —le dijo—. Que descanses.

Fue hacia la puerta y ella se quedó mirándolo atónita. Era la primera noche que no se metía con ella en la cama para hacerle el amor y abrazarla después hasta que se quedara dormida.

Eduardo se detuvo antes de abrir la puerta y se giró hacia ella.

—Tenemos que hablar —le dijo de mala gana—. Hablaremos mañana y luego ya veremos —agregó con un suspiro—. Después de eso, ya veremos si aún...

Su voz se apagó, no terminó la frase. Durante un buen rato, la miró fijamente sin decir nada. Después, se dio la vuelta y cerró la puerta de la habitación.

Le costó dormir esa noche sin Eduardo a su lado. Por la mañana, bajó deprisa a desayunar para poder verlo, pero no lo encontró. Le dijeron que había salido de madrugada con su equipo de colaboradores y abogados para preparar la reunión con el misterioso Xendzov Kasimir.

Le pareció extraño. Eduardo le había dejado muy claro que quería hablar con ella, aunque no sabía de qué se trataba.

Se quedó pensativa un segundo y se le ocurrió entonces de qué podía querer hablar con ella. A lo mejor, Eduardo iba a decirle por fin que la amaba.

Le emocionó la idea. Estaba segura de que había acertado. Pasó una mañana muy agradable con su bebé y su familia, desayunaron en el jardín, dieron un paseo por la propiedad y nadaron en la piscina. Después de la comida, mientras sus padres y Marisol dormían la siesta, Sami y ella decidieron explorar los zocos de Marrakech.

Mientras paseaban las dos hermanas por las calles estrechas y caóticas de la medina, Callie sintió que su felicidad era completa. Visitaron varios mercados al aire libre, mirando todos los puestos de lámparas de cobre, vasijas de terracota, túnicas bordadas y collares de coral. Miraba cada poco su nuevo teléfono móvil para ver si Eduardo la había llamado.

Estaba siendo una tarde muy agradable. Se había cubierto la cabeza con un sombrero rosa de ala ancha, llevaba una blusa ligera y una falda larga. Su hermana lo miraba todo con los ojos muy abiertos, fue como regresar a la infancia. Sami y ella solían imaginar aventuras como aquella y recorrer todos los rincones de la granja juntas.

De repente, se quedó inmóvil en medio del mercado. Había tenido una sensación muy extraña en la nuca, como si alguien la observara.

Se dio la vuelta, pero solo vio a Sergio García, su guardaespaldas. Las seguía a cierta distancia. Eduardo nunca la dejaba ir a ninguna parte sin guardaespaldas.

Siguió con la misma sensación toda la tarde, no sabía por qué.

–Entonces, ¿de verdad me perdonas? –le preguntó de repente Sami.

Estaban las dos de rodillas, mirando unas lámparas. Callie miró con una sonrisa a su hermana.

–Hace mucho tiempo que te perdoné. El día que decidimos cuál iba a ser el nombre de la niña.

Sami frunció el ceño, como si le costara creerlo.

–Pero si me habías perdonado, ¿por qué no contestabas mis cartas?

Callie se enderezó muy confusa.

–¿Me escribiste? ¿Cuándo?

–¡Un montón de veces! ¡Incluso te envié flores! Pero solo supimos de ti el día que nació Marisol, cuando nos llamaste. Y, desde entonces, nada, ni una palabra. Entiendo que estuvieras enfadada con Brandon o conmigo, ¡pero deberías haber hablado con mamá y papá!

Callie la miró boquiabierta.

–¡Pero si escribí cartas todas las semanas! ¡Y os envié cientos de fotos!

–Nunca nos llegó nada, Callie.

Sintió un escalofrío por la espalda.

–¡Qué extraño! –susurró–. Bueno, ya no importa, ¿verdad? –añadió con una débil sonrisa.

–Estábamos preocupados por ti. Fue un alivio que al menos nos llamaras desde el hospital cuando nació la niña. Brandon volvió a casa dos días más tarde y estaba muy disgustado. Lo que nos dijo nos hizo pensar que te habían secuestrado o algo así.

–Por cierto, ¿qué tal con Brandon? ¿Has pasado mucho tiempo con él?

Sami se sonrojó.

–Sí.

–Estás enamorada de él –le dijo entonces.

Sami la miró fijamente y después, se echó a llorar.

–Lo siento –susurró secándose los ojos–. Hace años que lo quiero, siempre lo he querido. Y él, en cambio, estaba enamorado de ti...

Callie negó con la cabeza al oírlo.

–No, Sami. Parece que tengo que explicárselo a todo el mundo últimamente. ¡Brandon y yo solo somos amigos!

Sami se echó a reír.

–¡Eres tan tonta como lo era él, Callie!

–¿Como lo era? ¿Las cosas han cambiado entonces? –le preguntó a su hermana pequeña–. ¿Le has dicho a Brandon lo que sientes por él?

–Todavía no –reconoció Sami bajando la mirada–. Me da miedo. Hemos pasado mucho tiempo juntos últimamente, patinando sobre hielo, mirando las estrellas, haciendo recados... Una vez, casi me pareció que iba a besarme, pero después se dio la vuelta y empezó a hablarme de ti.

–¿En serio? –le preguntó Callie sintiéndose muy culpable–. Supongo que me odiará.

–Odia a Eduardo, no a ti.

–Entonces, ¿por qué no me ha escrito para ver cómo estoy? –susurró Callie sin entender nada.

Sami la miró como si se hubiera vuelto loca.

–Te escribió un montón de cartas, las he visto, Callie.

Volvió a sentir una extraña sensación, como una nube negra sobre su cabeza. Cada vez estaba más preocupada. Le parecía increíble que su familia no hubiera recibido ninguna de sus cartas y que a ella tampoco le hubieran llegado las de ellos.

Trató de no pensar en eso y se volvió hacia Sami.

–Deberías decirle lo que sientes.

–Pero ¿y si no siente lo mismo? –le preguntó Sami muy preocupada–. ¿Y si se ríe de mí?

–No lo hará –la tranquilizó Callie–. La vida es corta, no pierdas ni un día. Llámalo ahora mismo.

–Tienes razón.

Sami la miró a los ojos y la abrazó con fuerza.

–Gracias, Callie –le dijo–. Voy a volver a la casa para llamarlo y hablar con él. No me puedo creer que por fin vaya a hacerlo...

Callie llamó a Sergio.

–Por favor, acompaña a mi hermana a la casa –le pidió al guardaespaldas.

–Y a usted, señora Cruz –repuso el hombre.

–No, yo todavía no he terminado de hacer unas compras.

–Pero no puedo dejarla aquí sola, señora.

–Estaré bien –le aseguró Callie con impaciencia mientras miraba a su alrededor–. Aquí no hay ningún peligro, está lleno de gente.

El guardaespaldas no parecía muy convencido, sacó su teléfono móvil para hablar con alguien en español. Cuando colgó, se volvió hacia Sami con una sonrisa.

–Sí. Puedo llevarla a casa, señorita –le dijo Sergio a Sami.

–Gracias –repuso Callie sorprendida de que fuera tan razonable–. ¿Te importaría llevar estas bolsas de vuelta a la casa?

–Por supuesto que no, señora –le contestó García–. Pero quédese en esta zona del mercado, ¿de acuerdo, señora Cruz?

–Lo haré, no te preocupes.

Le dio un abrazo a su hermana.

–Creo que Brandon y tú estáis hecho el uno para el otro –le susurró al oído.

–Gracias –le contestó Sami–. Te quiero mucho, Callie.

Se despidió de los dos y se quedo sola. El aire del

mercado estaba lleno de los exóticos aromas de las especias. También olía a cuero, a flores y a fuertes perfumes orientales. No terminaba de creerse que estuviera sin guardaespaldas y sin la niña. Ni siquiera estaba con su marido.

Se encontraba sola en medio de ese remoto mercado y en un país desconocido para ella. Después de tantos meses, esa repentina libertad le produjo una sensación embriagadora.

Sonrió e ignoró los gritos de los vendedores que trataban de captar su atención. Paseó por el mercado, sintiéndose ligera como una pluma mientras continuaba comprando regalos. Ya tenía juguetes para Marisol y recuerdos para su familia y para Eduardo. No quería perder la oportunidad de verlo todo.

Se fijó entonces en una estrella tallada en madera. Le recordó a la gran afición de Brandon, la Astronomía. Era algo que a ella siempre le había aburrido. Sintió que se le encogía el corazón al acordarse de él y recordó lo que su hermana le había dicho. Brandon le había escrito varias veces, Sami había visto las cartas.

Sintió de repente que le costaba respirar con normalidad. Elevó la vista al cielo y vio una bandada de pájaros que lo cruzaba en ese instante.

—Callie.

Contuvo el aliento al oír esa voz. Poco a poco, se dio la vuelta.

Brandon McLinn estaba frente a ella.

El tiempo se detuvo a su alrededor. Destacaba entre la multitud con su sombrero vaquero, una camisa a cuadros de franela y pantalones tejanos.

—¡Por fin! —le dijo Brandon acercándose a ella con los ojos llenos de lágrimas—. Te he encontrado.

—¿Brandon? —susurró ella con un nudo en la garganta—. ¿De verdad eres tú?

–Sí –repuso con una sonrisa mientras agarraba sus hombros–. Estoy aquí.

–Pero, ¿qué estás haciendo en Marruecos? ¿Cómo me has encontrado?

–Bueno, lo he conseguido de milagro –repuso más serio–. Desde luego, ese malnacido de Cruz no me ha puesto las cosas nada fáciles.

–¡No hables así de él! –protestó ella.

Brandon parecía sorprendido al ver que lo defendía.

–Es que lo odio, ¿no lo odias tú? Me dijiste que era un mujeriego sin corazón, que era cruel y que no confiaba en nadie, que solo le importaba el dinero...

Era doloroso oír lo que ella misma le había dicho sobre Eduardo. Se sintió muy mal.

–Bueno, en realidad no es así –le dijo–. Ha cambiado.

–Vaya, parece que sufres el síndrome de Estocolmo, como todos los secuestrados. He estado muy preocupado por ti, Callie. Dejé que te llevara de mi lado y no pude hacer nada para salvarte.

Callie abrió mucho los ojos. Sus palabras la habían sorprendido.

–¿Acaso te sientes culpable?

–Juré que te buscaría por todas partes hasta que tú y tu bebé estuvierais de vuelta en casa, a salvo y libres.

–Pero estamos a salvo y somos libres, Brandon. Nuestro matrimonio tuvo un comienzo difícil, pero ha sido muy bueno con nosotras dos.

–¿Bueno? –repitió Brandon fuera de sí–. ¡Ese hombre me ha vigilado durante meses! Cuando Sami me dijo que se iba a Marrakech, salí de casa en mitad de la noche para que no me viera el detective que vigila mi casa. Fui a Denver y compré un billete de avión. He estado en un hotel de esta plaza, siguiendo tus movimientos gracias a los mensajes de Sami.

–Entonces, sabías que estaba en el mercado, ¿no?

Fuiste tú el que me observaba. Tenía la extraña sensación de que alguien me vigilaba.

–Tenía la esperanza de que te quedaras sola para poder acercarme a ti –le dijo su amigo–. Llevo meses tratando de ponerme en contacto contigo. Te he escrito, te
he llamado, lo he intentado todo. En diciembre, me
llamó en mitad de la noche para amenazarme. Yo le dije
que iba a llamar a la policía de Nueva York, así que decidió sacarte del país. ¡Durante estos últimos cuatro meses, no tenía ni idea de dónde podríais estar!

Callie recordaba perfectamente la noche que sorprendió a Eduardo hablando a altas horas de la madrugada con un competidor. Fue entonces cuando le pro-
puso de repente que se fueran a España. Y, durante esos
meses, nunca la perdía de vista ni la dejaba salir sin
guardaespaldas. Eduardo siempre le decía que solo quería que estuviera a salvo.

–Me prometí a mí mismo que no te abandonaría, que
trataría de encontrarte –le dijo Brandon–. Ha sido desesperante ver que ese hombre te tenía prisionera y no
conseguía liberarte.

«¿Prisionera?», se repitió Callie sin poder creer lo que
oía.

Tenía una terrible sensación de malestar en el estómago. Empezaba a temer que Eduardo no quería hablarle de amor.

–Siempre supe que ese hombre no te convenía –prosiguió Brandon–. Lo supe desde el primer momento,
cuando me contaste que te había alquilado un piso en el
Village. Supe entonces que Eduardo te deseaba y, por
el sonido de tu voz, me quedó muy claro que tú ibas a permitir que te sedujera.

–Así que decidiste decirle que estábamos comprometidos la noche que se acercó al piso y te vio allí –le
recordó ella.

–Me limité a decirle la verdad. Estábamos comprometidos. ¿Recuerdas lo que acordamos en el instituto? Si ninguno de los dos se casaba antes de los treinta...

–¡Pero eso fue una broma!

–Nunca fue una broma para mí, pero parece que para ti sí –le dijo Brandon mirándola fijamente–. Yo te quería, Callie. Te he querido desde que éramos niños.

Sintió un nudo en la garganta al recordar su infancia. Habían pasado muchas noches de verano persiguiendo luciérnagas o viendo los fuegos artificiales del día de la fiesta nacional. Y, aunque a ella no le interesaban esas cosas, solía pasar horas mirando estrellas con el telescopio de Brandon. Creía que había sido una infancia maravillosa.

–Debería haberlo sabido. Lo siento, pero yo no siento lo mismo por ti –le dijo con un nudo en la garganta.

–Sí, ya me he dado cuenta –repuso Brandon con media sonrisa–. Y he empezado a pensar que debería encontrar a alguien que me amara de verdad, no solo como a un amigo.

Le rompía el corazón verlo así.

–Brandon...

–Pero lo importante ahora es lograr que volváis a casa el bebé y tú. Te conseguiremos un buen abogado. Por mucho dinero que tenga Cruz, el juez verá que no puedes seguir casada con él, que te engañó...

–No, Brandon, no lo entiendes...

–No tengas miedo. Te apoyaremos en todo momento. Tanto tu familia como yo estaremos contigo a cada paso y...

–Pero estoy enamorada de él, Brandon –lo interrumpió ella para conseguir que la escuchara–. Lo quiero con todo mi corazón y haría cualquier cosa para que el me amara del mismo modo.

Brandon la miró fijamente. Estaba muy pálido.

–Recuerdo perfectamente cómo es sentirse así, Callie –le dijo él en voz baja.

Sus palabras la emocionaron tanto que se echó a llorar y lo abrazó con ternura.

–Lo siento mucho –le dijo–. Perdóname.

Por un momento, Brandon aceptó el consuelo de sus brazos y siguieron abrazados.

–¿Cómo puedes amar a un hombre como él? –le preguntó Brandon–. Acepto que no me quieras a mí, pero ese hombre te ha mantenido prisionera, Callie. ¿Cómo has podido elegir a esa bestia cruel y egoísta entre todos los hombres de la tierra?

–No lo conoces, Brandon. Tuvo una infancia muy dura. No es egoísta ni cruel. Entiendo que te lo parezca, pero Eduardo tiene un gran corazón y...

No terminó la frase. Alguien separó a Brandon de sus brazos y se quedó sin habla.

–¡No toques a mi esposa!

Callie se giró y se encontró con el rostro de Eduardo, distorsionado por la ira.

–¡No, Eduardo, no! –le gritó ella para detenerlo.

Pero él no la oyó. Levantó el puño y le dio un puñetazo tan fuerte en la mandíbula que Brandon cayó al suelo desplomado.

–¡No! –gritó ella de nuevo.

El zoco seguía lleno de gente y todos los miraban. Eduardo levantó de nuevo el puño y fue hacia Brandon. Callie corrió hacia ellos para detenerlos.

–¡No!

Eduardo se volvió entonces para mirarla, fulminándola con sus ojos de fuego. Vio que estaba fuera de sí.

–Quedaste aquí con él, ¿verdad? –le espetó en un tono acusador.

–¡No, por supuesto que no! –repuso indignada.

Miró a su esposo y solo podía pensar en cómo la había estado mintiendo a la cara durante meses. Ese hombre había causado mucho dolor a su familia.

Trató de calmarse y respirar hondo. Se arrodilló al lado de Brandon para ver cómo estaba. Seguía inconsciente, pero le pareció que estaba bien.

Poniéndose de pie, miró a Eduardo.

—¿Cómo iba Brandon a ponerse en contacto conmigo? Es un detalle que conoces mejor que nadie, ¿verdad?

Eduardo la miró a los ojos.

—¿Qué quería? ¿Qué te ha dicho?

—Quería ayudarme a volver a Dakota del Norte y divorciarme de ti.

—¿Y qué le dijiste? —le preguntó Eduardo.

—¿Qué crees que le he dicho? —exclamó enfadada—. ¡Le dije que no! Estoy casada contigo y tenemos una niña. ¡Te quiero! Por supuesto que le dije que no. ¿Es que te has vuelto loco?

Eduardo agarró su brazo y la apartó de las miradas de la gente. La llevó por un laberinto de calles estrechas hasta donde tenía el coche aparcado. Abrió la puerta, la metió dentro y encendió el motor. No volvió a hablar hasta que salieron a la carretera.

—Te encontré en sus brazos, Callie.

Lo miró sin entender sus celos.

—¡Trataba de consolarlo!

—Yo confiaba en ti...

—¿Qué? ¿Que confiabas en mí? —repuso ella con lágrimas en los ojos—. ¡Nunca has confiado en mí! He sido tu prisionera, me has mantenido aislada de mi familia. ¿Creías que no lo descubriría?

Eduardo la miró y no dijo nada.

—Cuando pienso en todo el tiempo que pasé escribiendo esas cartas, preparando con ilusión las fotos...

¡Y tú dejabas que lo hiciera sin enviárselas, me mantenías encerrada en una jaula!

Eduardo volvió a concentrarse en la carretera. Se quedó en silencio, apretando los labios.

—Ni siquiera estás tratando de negarlo —susurró ella con lágrimas rodando por sus mejillas.

—Iba a contártelo hoy mismo, por eso le dije a García que podía dejarte allí sola. Quería darte una sorpresa en el mercado e ir a cenar contigo para que pudiéramos hablar en privado. Creí que así iba a tener la oportunidad de hacerte entender...

—¡No te preocupes, lo entiendo muy bien! —lo interrumpió ella furiosa.

—Estaba tratando de protegerte, de protegernos a los tres.

—Brandon me dijo que lo tenías vigilado. ¿También lo hiciste conmigo? ¿Y con mi familia?

Eduardo la miró un instante, después apartó los ojos.

—Keith Johnson me mantenía informado.

—¿Keith Johnson? —repitió sin poder creérselo—. ¿El detective que usas en Petróleos Cruz para obtener información sobre tus competidores y tus enemigos? ¿Qué soy yo? ¿Una competidora o una enemiga?

—Tú eres mi esposa —le dijo Eduardo con firmeza—. Solo quería que estuvieras a salvo.

Estaba tan confusa que se sentía entumecida, no sabía qué pensar.

—¡A salvo!

—¿Qué querías que hiciera? ¿Permitir que otro hombre destruyera nuestro matrimonio?

Le dolía la garganta. Cerró los ojos un instante.

—No, ya lo has destruido tú —susurró entonces.

Siguieron en silencio hasta llegar a la entrada del palacio donde se alojaban.

–Hemos dejado a Brandon herido en medio de ese zoco... –le dijo ella entonces con angustia.

–Enviaré a alguien para comprobar si está bien –repuso Eduardo con frialdad–. No queremos que tu amigo se sienta abandonado y solo.

Eduardo aparcó el coche, apagó el motor y salió. Callie no se movió. Se quedó mirando la casa, los maravillosos jardines y las palmeras junto a la piscina. Le parecía un paraíso.

Pero ella se sentía muerta por dentro, no podía reaccionar.

Eduardo abrió su puerta y le tendió la mano.

–Vamos, querida.

Dejó que la sacara del coche y la llevara de la mano hasta la casa. Dentro, todo estaba tranquilo.

Supuso que sus padres y la niña seguían durmiendo, solo se oía el murmullo suave de la fuente.

Se fijó en la mano que sujetaba la suya, tan fuerte y protectora como siempre. Pero todo había cambiado en unas horas. Esa misma mañana, se había sentido feliz, todos sus sueños se estaban haciendo realidad.

–¿Por qué lo hiciste? –le preguntó ella mientras atravesaban el patio interior del palacio–. ¿Por qué?

–Estoy cansado, Callie –repuso Eduardo–. Cansado de intentar mantenerte a mi lado y sentir que estoy fracasando. Cansado de saber que, haga lo que haga, no será suficiente.

–Yo no he hecho otra cosa que quererte.

–El amor está bien –le dijo él con los ojos brillantes–. Pero no cambia nada.

Ella lo miró fijamente, no podía creer lo que estaba diciéndole.

–¿Eso es lo que piensas?

–No lo pienso, lo sé –repuso Eduardo con seriedad.

Callie sintió que era el final, había conseguido helar por completo su corazón.

–Tenías razón en una cosa –le dijo ella–. Brandon estaba enamorado de mí. Pero te has equivocado en el resto. Eres un padre maravilloso, Eduardo, pero un marido terrible.

Oyeron que se acercaban unos criados por el pasillo y Eduardo la metió en su dormitorio, cerrando la puerta enseguida.

–Siempre supe que algún día descubrirías cómo soy en realidad –le dijo Eduardo en voz baja.

No podía dejar de llorar.

–Te quería, Eduardo –susurró con voz temblorosa–. Te he querido de verdad.

–¿Me querías? –repitió Eduardo con angustia.

–Habría hecho cualquier cosa para conseguir que tú también me quisieras –le dijo ella–. Cualquier cosa.

Con un profundo suspiro, Callie levantó la vista y lo miró a los ojos.

–Pero no voy a ser tu prisionera –añadió quitándose su anillo y entregándoselo con una mano temblorosa–. Así que tampoco puedo ser tu esposa.

Capítulo 10

FUE como un fuerte puñetazo en el estómago que dejó a Eduardo sin respiración.

Cuando había visto a Callie abrazada a McLinn, había sido como estar viviendo su propia pesadilla y ver que era real. Nunca había sentido tanta furia. Le entraron ganas de matar a ese hombre con sus propias manos y podría haberlo hecho si Callie no lo hubiera evitado.

Se dejó caer en la cama con la vista perdida en el anillo de diamantes. Se dio cuenta en ese instante de que ver a Callie con otro hombre no había sido lo peor que le podía pasar, lo peor era que ella quisiera dejarlo.

De algún modo, siempre había sabido que ese día iba a llegar. Y era casi un alivio vivirlo y no tener que seguir preguntándose cuándo iba a suceder. Cerró el puño sobre el anillo.

—Comenzaré mañana mismo el proceso de divorcio —le dijo con un nudo en la garganta.

—¿Qué? —repuso Callie.

—Haré lo que debería haber hecho hace tiempo —añadió mirándola a los ojos—. Te dejaré libre.

Las lágrimas mojaban su pálido rostro, pero seguía siendo preciosa.

—No puedo vivir con un hombre que no confía en mí, alguien que trata de controlar todos los aspectos de mi vida.

–Lo entiendo –repuso él con una triste sonrisa.

Callie estaba tan pálida que parecía un fantasma.

–No pensé que me fueras a dejar ir tan fácilmente –reconoció ella.

Trató de ignorar el terrible dolor que lo consumía por dentro.

–Estoy cansado de estar siempre preguntándome qué estarás pensando o qué estarás haciendo –le dijo con frialdad–. Cansado de esperar a que llegue el día en que veas cómo soy y me dejes para siempre –añadió poniéndose de pie y acariciando su mejilla–. Es casi más fácil así.

–Y Marisol... –susurró Callie.

El dolor que sentía en su pecho se hizo más intenso aún.

–Siempre vamos a ser sus padres y, por su bien, nos trataremos con respeto. Pagaré su manutención y compartiremos la custodia.

–De acuerdo –le dijo ella mirándolo algo aturdida–. De acuerdo.

–Y si hay otro niño... –susurró él con una sonrisa triste–. Esta vez sí me lo dirás, ¿verdad?

–Sí, por supuesto.

–Muy bien. Tu familia y tú podéis volver a Estados Unidos mañana mismo.

Vio que a Callie le temblaba todo el cuerpo.

–¿Y Brandon?

–Claro –repuso con una mueca–. Ya me has dicho alguna vez que él es un miembro más de tu familia, ¿verdad? Yo, en cambio, nunca lo he sido.

Callie tragó saliva y lo miró con un gesto suplicante.

–No-no vas a hacerle daño, ¿verdad?

Extendiendo la mano, Eduardo acarició su melena castaña. Aunque sabía que era la despedida, seguía fascinado por la belleza de Callie. Sobre todo en ese momento, cuando iba a perderla para siempre.

–Por supuesto que no. No soy un monstruo –repuso–. Ahora ya no tengo ninguna razón para hacerle daño, nuestro matrimonio ha terminado. Somos libres.

–Libres... –susurró Callie.

No había podido olvidar las duras palabras de McLinn. Ese hombre creía que no iba a ser un buen marido para ella y que nunca iba a poder hacerla feliz. Se dio cuenta de que él también lo había sabido. McLinn tenía razón.

Aun así, había tratado de mantener a Callie a su lado, a pesar de saber que nunca sería capaz de amarla como ella se merecía. De hecho, ni siquiera podía dormir con ella en la misma cama.

–Sí, eres libre –repuso él–. Marisol se quedó dormida en la habitación de tus padres. ¿Quieres verla?

Callie no respondió, se limitó a mirarlo. Pero ella no soportaba contemplar tanto dolor en su hermoso rostro. Tenía que terminar de una vez por todas con aquello y pensó que era mejor que fuera rápido.

Tomó la mano inerte de su esposa, la sacó del dormitorio y la llevó hasta el jardín. Se detuvo entonces y la miró. Aún había lágrimas en sus pálidas mejillas.

–Lo siento –susurró ella–. Lo siento muchísimo.

Eduardo suspiró y la estrechó entre sus brazos. Callie apoyó la cara contra su corazón.

–No quería que todo terminara así... –le dijo ella con voz temblorosa.

Pensó en todos los errores que había cometido desde el principio y en todas las cosas que habría cambiado si hubiera podido, pero la verdad era que no sabía cómo hacerlo. No podía confiar en nadie. Y menos aún en alguien a quien amaba.

–No ha sido culpa tuya, sino mía. Solo mía –repuso él acariciándole el pelo.

Se le hizo un nudo en la garganta al oír que Callie

comenzaba a llorar de nuevo. No lo soportaba y, como había hecho siempre, ignoró sus sentimientos. Levantó su delicada barbilla y sonrió.

–Pero nuestro matrimonio no ha sido un fracaso total, ¿verdad, Callie?

–No, ha sido maravilloso.

–Le hemos dado un apellido a nuestra hija y tendrá siempre un buen hogar.

–Sí, pero en dos casas separadas –repuso Callie.

Abrió la boca para hablar, pero se calló. No quería que ella notara debilidad en su voz. Durante un buen rato, permanecieron en silencio.

Eduardo cerró los ojos, dejando que lo envolviera el aroma de su cabello. Se estremeció al sentir la dulce suavidad de su cuerpo contra el suyo, sabiendo que la sostenía entre sus brazos por última vez.

Aunque era lo más difícil que había hecho en su vida, sabía que debía dejar que se fuera y evitar así que los dos siguieran sufriendo.

–Bueno, vas a volver a casa y ser feliz allí, como lo fuiste siempre –le dijo él mientras le secaba las lágrimas con ternura.

–Sí, es verdad –repuso Callie sin dejar de llorar.

Sabía que le costaba pronunciar esas palabras y le emocionó ver que ella también trataba de ser fuerte. Antes de reflexionar sobre lo que iba a hacer, tomó su cara entre las manos.

–Pero antes de irte, tienes que saber algo importante que nunca te he dicho –le susurró Eduardo mirándola a los ojos–. Te quiero.

Vio que Callie contenía el aliento.

–Te quiero como nunca he querido a nadie –confesó él bajando la mirada–. Pero no sé cómo amarte sin hacerte daño, sin que los dos suframos. Por eso tengo que dejar que te vayas.

Siguieron mirándose a los ojos. Y, aunque era una despedida, sentía que nunca habían estado tan unidos ni tan conectadas sus almas como en ese instante.

–Siento no haber podido amarte como te mereces –le dijo Eduardo–. Siempre supe, desde el principio, que no te merecía y que, tarde o temprano, te darías cuenta y...

Callie lo interrumpió poniéndose de puntillas y besándolo. Sus labios eran suaves y dulces, pero no dejaban de temblar contra su boca.

Sintió el calor de su cuerpo contra el suyo y despertó su deseo con más fuerza que nunca, como un río desbordado que lo recorría por dentro. No pudo ahogar un gemido mientras la abrazaba para sentirla más cerca aún de su cuerpo.

La besó apasionadamente, sus labios tenían un sabor dulce y salado al mismo tiempo, quizás por las lágrimas que había derramado. No lo tenía claro. Lo único que sabía era que la estaba besando por última vez y que tenía que lograr que ese instante durara para siempre. Tenía que besarla como nunca lo había hecho, para que el recuerdo se quedara imborrable en su corazón.

Eduardo enredó los dedos en su larga melena sin dejar de abrazarla. Sus cuerpos estaban fundidos en uno solo y siguieron besándose junto a la fuente del patio como si no hubiera nadie más en el mundo. Sintió la suavidad de su pelo entre los dedos y lo embriagó su aroma a flores y a vainilla.

Fue bajando después las manos por su espalda, nunca se cansaba de tocarla. Era una mujer pequeña, delicada y femenina que había conseguido conquistarlo por completo.

Siguió besándola con tanta pasión como angustia. El deseo borró de su mente la realidad de ese duro momento y solo pudo pensar en cuánto la necesitaba.

Se separó de ella y miró su hermoso rostro mientras trataba de recobrar el aliento. También había deseo en sus ojos verdes. Sin decir nada, la tomó en sus brazos y la llevó en silencio hasta su habitación. Sabía que la llevaba por última vez a su cama.

La dejó sobre el colchón y comenzó a desnudarla con la única luz que les proporcionaba la luna que se colaba por las rejas de la ventana.

Le quitó primero la blusa, besándole el cuello, los hombros y los brazos mientras lo hacía. Se deshizo después de la falda y acarició sus suaves piernas desnudas.

La besó tras las rodillas, había aprendido que era uno de sus puntos más sensibles. Le quitó el sujetador de encaje blanco y acarició sus pechos, lamiéndolos después hasta que Callie se quedó sin aliento.

–Callie –le suplicó con emoción–, mírame a los ojos.

Ella hizo lo que le pedía y lo miró con los ojos llenos de lágrimas. Le bajó entonces sus braguitas muy lentamente.

Él seguía completamente vestido y fue bajando por su cuerpo sin dejar ni un centímetro de su piel sin besar.

Cuando llegó a sus muslos, le dedicó toda su atención a la sensible cara interna, subiendo lentamente por ellos hasta llegar a su sexo. Dejó que ella sintiera entonces su cálido aliento entre las piernas. Su aroma lo tentaba, era incapaz de resistirse.

Separó sus muslos con las manos y la probó. Era dulce y suave como la seda. Comenzó a jugar con su lengua sobre el centro de su placer y sintió cómo todo su cuerpo se retorcía de placer. Callie trataba de apartar las caderas, como si no pudiera soportar la intensidad de las sensaciones, pero él la sujetó con fuerza contra la cama, obligándola a aceptar el placer que podía proporcionarle con la lengua. No dejó de hacerlo hasta sentir que comenzaba a temblar. Fue entonces cuando deslizó un dedo en su interior sin dejar de besarla de la manera más íntima posible y Callie se aferró a las sábanas de algodón y arqueó la espalda.

Sintió cómo se levantaba su cuerpo del colchón y se tensaba cada vez más hasta que explotó, gritando con fuerza y moviéndose sin control, completamente vulnerable y entregada.

Vio con satisfacción su rostro, sabiendo que él le había dado ese placer.

También había llorado de dolor por su culpa, pero era un alivio saber que era capaz también de hacerle gritar de alegría.

—Te amo —le susurró entonces su esposa.

Tomó su cara entre las manos con muchísima ternura.

—Lo sé.

La besó apasionadamente, podía sentir cuánto lo deseaba Callie. Aunque seguía completamente vestido con su traje negro, se tumbó sobre ella para que pudiera sentir su erección, dura y palpitante, entre los muslos.

Ella gimió y se aferró a su cuello casi con desesperación. Trató de quitarle la corbata, pero le temblaban demasiado las manos. Eduardo se apartó y lo hizo él mismo.

En cuestión de segundos, estaba tan desnudo como ella.

Sin decir una palabra, la besó y siguió acariciándola, diciéndole con sus manos y su boca lo que no sabía cómo explicar con palabras.

Se tumbó sobre ella y sintió sus suaves pechos contra su torso. Encajaban a la perfección, como dos piezas de un puzle. Se estremeció al sentir la suave y húmeda piel de esos muslos contra su erección. Callie no dejaba de jadear excitada, retorciendo su cuerpo y agarrando sus caderas con las manos para sentirlo por fin dentro de ella. Era imposible resistirse.

Pero no quería dejarse llevar, todavía no. Era difícil mantenerse lejos de lo que más deseaba en su vida, pero era la última vez y deseaba alargar al máximo ese momento.

Sabía que, mientras Callie estuviera en sus brazos, no tendría que enfrentarse a la angustia y el dolor que lo esperaban al otro lado, en el mundo real. No tendría que enfrentarse a la horrible soledad que iba a sentir sin ella.

Callie acarició su espalda. No podía ignorar la maravillosa sensación de esos turgentes pechos contra su torso. Podía sentir su calor y cómo contenía el aliento.

Agarró los hombros de Callie y cerró los ojos, tratando de resistir un poco más, pero ella lo conocía demasiado bien. Comenzó a moverse debajo de él mientras succionaba el lóbulo de su oreja y acariciaba la parte posterior de sus muslos, por debajo de las nalgas.

Podía sentir cuánto lo deseaba y, sin fuerzas para seguir resistiendo, se rindió. Su cuerpo tomó las riendas y se hundió con fuerza dentro de ella.

Fue increíble, nunca había sentido un placer tan intenso.

Todo su cuerpo estaba en tensión y se dejó llevar hasta lograr las cotas máximas de placer.

Apenas podía controlarse y temió que todo terminara demasiado pronto, quería alargar lo máximo posible ese último encuentro de sus cuerpos.

Tenía que hacerlo. Sabía que no iba a poder vivir sin ella.

Se tumbó boca arriba sin soltarla para que Callie quedara sentada a horcajadas sobre él. Dejó que ella controlara el ritmo y la velocidad de los movimientos. Después de esos meses compartiendo cama, la que había sido un año su virginal secretaria se había convertido en una ardiente y seductora mujer.

Había pensado que le sería más fácil controlarse con ella sobre él, pero le estaba sucediendo todo lo contrario, estaba más excitado aún.

No podía dejar de mirar cómo se balanceaban sus grandes pechos mientras ella lo montaba, logrando estar cada vez más dentro de ella. Al final, Eduardo cerró los ojos y se aferró a la cabecera de la cama.

Cada vez era más intenso, más excitante y rápido. Y ella estaba tan húmeda... Sin poder hacer nada para evitarlo ya, Callie lo empujó hasta un abismo de placer.

Agarró sus caderas con las manos y sintió cómo se le aceleraba el pulso cuando Callie echó hacia atrás la cabeza y gritó de placer.

Miró su bello rostro transformado por el éxtasis y no pudo resistirse por más tiempo. Con una última embestida, explotó dentro de ella, alcanzando los dos el clímax al mismo tiempo.

Callie se derrumbó encima de él y se abrazaron, sudorosos y felices, completamente satisfechos.

Algún tiempo después, Eduardo la sostuvo entre sus brazos y esa vez se dio cuenta de que era una suerte saber que no iba a poder dormirse a su lado. Así podría abrazarla toda la noche y contemplar su dulce rostro a la luz de la luna mientras dormía.

Era una sensación increíble sentirla en sus brazos, tan cálida y bella. Le pesaban los párpados y cerró los ojos. Le dio un beso en la sien. Como siempre, su pelo olía a flores y a vainilla. La quería tanto que sentía que ese amor podría llegar a matarlo.

Quería abrazarla toda la noche, saborear cada hora, cada minuto...

Eduardo se despertó sobresaltado.

La luz del amanecer entraba por la ventana y se dio

cuenta de que, por primera vez, había conseguido dormir junto a su esposa.

Presa del pánico, se dio la vuelta en la cama.

El lado de Callie estaba vacío.

Por primera vez también, había sido Callie la que lo había abandonado en mitad de la noche. Lo había dejado y supo entonces que así iba a estar el resto de su vida.

Completamente solo.

Capítulo 11

CALLIE se sentó a la mesa de la cocina. Estaba de vuelta en la granja de sus padres y tenía en sus temblorosas manos los papeles del divorcio.

–Será algo rápido e indoloro –le había asegurado su abogado cuando se los entregó–. He marcado con una pegatina amarilla los sitios donde tiene que firmar. Todo estaba ya muy bien estipulado en el acuerdo prenupcial. Compartirán la custodia y el señor Cruz ha sido muy generoso con la pensión alimenticia y de manutención. Será la mujer más rica de todo el condado de Fern. Menos mal que no todos los casos de divorcio son tan rápidos ni tan fáciles. De otro modo, mi bufete estaría en quiebra –había añadido con una sonrisa.

Pero a ella no le parecía rápido y mucho menos, indoloro.

Miró a su hija, caminaba por la cocina con ayuda de un viejo andador que habían usado tres generaciones de bebés de su familia. A pesar de las lágrimas, no pudo evitar sonreír al ver lo contenta que estaba su pequeña.

–¿Pa... papá? –preguntó Marisol.

Callie dejó de sonreír y miró de nuevo los papeles.

–Muy pronto, mi amor –le dijo con un nudo en la garganta–. Lo verás mañana.

Marisol iría al día siguiente a Nueva York para pasar la semana con Eduardo y ella tendría que soportar siete largos y dolorosos días sin su hija. Las cosas cambiarían a la semana siguiente y sería Eduardo entonces el que estaría solo.

Él había sido justo y muy generoso al permitir que Callie pudiera vivir en Dakota del Norte. Usaban el avión privado de Eduardo para trasladar a la niña. No sabía cómo iban a hacerlo cuando llegara el momento de que Marisol empezara a ir a la escuela, pero estaba segura de que lo solucionarían por el bien de su hija. Según estaba aprendiendo, el dinero podía resolver cualquier problema.

Excepto lo que le pasaba a ella.

Callie no quería su dinero. Lo quería a él, seguía enamorada de Eduardo, pero él la había dejado marchar.

No había visto a Eduardo durante los dos meses que habían pasado desde que se fuera de Marrakech con su hija, con Brandon y con su familia.

Desde entonces, solo habían estado en contacto a través de sus respectivos abogados. Y la señora McAuliffe era la que se encargaba de recoger o llevarle a Marisol cada semana.

Callie no lo había visto, pero soñaba con él cada noche. Recordaba muy bien las últimas horas que habían pasado juntos, cuando se habían besado junto a la fuente de los jardines de Marrakech. Después, habían hecho el amor con más pasión que nunca y con total desesperación, conscientes sin duda los dos de que era la última vez que estaban juntos.

Lo que mejor recordaba era el momento en el que él le había dicho por fin las palabras por las que había tenido que esperar tanto tiempo. Era un momento que guardaba en su corazón.

–Te quiero como nunca he querido a nadie – le había dicho Eduardo–. Pero no sé cómo amarte sin hacerte daño.

Había soñado durante mucho tiempo con esas palabras, pero en esos momentos le dolía recordarlas, eran como un veneno. Había llorado durante semanas, hasta que se quedó sin lágrimas. Pero no se arrepentía de la decisión que había tomado, no podía vivir siendo su prisionera.

Dos lágrimas cayeron sobre los papeles del divorcio. Cuando regresó a casa, una parte de ella había deseado estar de nuevo embarazada y tener así al menos una razón para hablar con su marido. Pero también esa esperanza se había desvanecido.

—Mamá –la llamó Marisol con su media lengua.

Tenía los mismos ojos oscuros de su padre y la miraba con preocupación.

Se secó los ojos y le dedicó a su hija una sonrisa temblorosa.

—Todo está bien, no te preocupes, cariño.

Solo tenía que firmar los papeles y dárselos a su abogado. Así, volvería a ser Callie Woodville.

Algo brillante atrajo su atención, era el llavero de oro y diamantes que le había regalado Eduardo. Tenía sus iniciales de casada. Parecía fuera de lugar en la modesta cocina, pero no tanto como lo que había llegado a la granja el día anterior.

Tomó su taza de café y se acercó a la ventana de la cocina. Apartó la cortina y vio, al lado de la vieja camioneta de su padre, su flamante Rolls-Royce plateado. Era surrealista verlo allí, junto a los campos de cebada.

Cerró los ojos. Nunca creyó que fuera a tener la fuerza necesaria para dejar a Eduardo. Pero tampoco había creído posible que él la dejara marchar.

Y sabía que había seguido adelante con su vida. Ya había visto fotos de Eduardo en una revista del corazón. Estaba en una gala benéfica en Nueva York con la joven duquesa española. Se preguntó si acabaría casándose con ella cuando su divorcio fuera oficial. Era un pensamiento muy doloroso y, por primera vez, entendió de verdad cómo se habría sentido Eduardo cuando creyó que ella estaba enamorada de Brandon.

Se había dado cuenta de que era muy difícil dejar libre a la persona que más amaba en esa Tierra. Pero Eduardo lo había hecho y sabía que ella debía hacer lo mismo.

Oyó el motor de un vehículo acercándose por el camino y volvió a asomarse a la ventana.

Sonrió al ver a Brandon y a Sami en el todoterreno de él.

El corazón de su amigo no había tardado en recuperarse.

Desde que volvieran de Marruecos, Brandon había encontrado en Sami el amor que había estado buscando. Y el día anterior, le había pedido a su hermana que se casara con él.

Sus padres habían tomado la noticia con cierta preocupación al principio, pero después vieron que se amaban de verdad y estaban muy contentos por ellos.

La noticia del compromiso se había extendido rápidamente por el condado de Fern, y gracias a la publicación de su madre en Internet, ya lo sabía también el resto del mundo.

Callie estaba muy emocionada. Le parecía increíble que su mejor amigo y su hermana estuvieran comprometidos y pensaran casarse en septiembre de ese mismo año.

Cuando los vio entrar por la puerta, los recibió con una sonrisa.

–Estéis comprometidos o no, a mamá y a papá no les ha gustado que pasaras la noche fuera de casa, Sami –le advirtió a su hermana pequeña.

–¡Pero si ha sido totalmente inocente! –protestó

Brandon sonrojándose–. Bueno, casi totalmente inocente...

–Hemos estado en la colina de McGillicuddy para
poder ver mejor el cometa, lejos de las luces del pueblo
–le dijo Sami–. Había tantas estrellas...

Su hermana parecía estar en una nube.

–Brandon conoce todas las constelaciones y supongo
que perdimos la noción del tiempo...

–Bueno, a ver si tienes suerte explicándoselo a papá
–repuso Callie.

–Pero papá sabe que puede confiar en Brandon –protestó Sami–. Igual que confío yo.

Brandon miró a su prometida con amor en sus ojos,
tomó su mano entre las de él y la besó con fervor.

Callie se sintió de repente como una intrusa en su
propia cocina.

–Bueno, deberías ir a hablar con él, Sami –los interrumpió ella algo incómoda.

–¿Dónde está? ¿En los campos de cebada?

–No, en el de alfalfa que hay al lado de la carretera
principal –repuso Callie.

–No te preocupes –intervino Brandon tomando la
mano de Sami–. Iré contigo.

Vio que él sacaba del bolsillo las llaves de su coche
y se le ocurrió una idea.

Brandon y Sami ya iban hacia la puerta.

–Esperad.

Se detuvieron y la miraron a la vez. Callie se acercó
a la cesta donde había dejado su llavero y se lo entregó
a ellos.

–Quiero daros esto –les dijo.

–¿Cómo? –exclamó Sami atónita–. ¿Tu coche?

–¿Por qué? –preguntó Brandon con el ceño fruncido.

–Es-es un regalo de compromiso.

–¿En serio? ¡No puede ser! –le dijo Sami.

–No queremos nada de él –repuso Brandon–. Mi to-doterreno funciona muy bien.

–Acéptalo como una especie de compensación por el puñetazo que te dio –le dijo Sami esperanzada a su prometido.

Pero no consiguió convencerlo. Brandon seguía frunciendo el ceño.

–Por favor, acepta el regalo –le pidió Callie–. No me gusta mirarlo. Me duele...

Se quedó sin palabras al recordar el día de Navidad. Eduardo se había vestido con un traje de Santa Claus y le había regalado ese Rolls-Royce. Se dio cuenta de que habían llegado a ser muy felices.

–Brandon, si no lo quieres utilizar, podéis venderlo y usar el dinero como queráis –les dijo Callie.

La joven pareja miró el llavero de oro y diamantes.

–Podríamos comprar un terreno –comentó Sami.

–O una granja –susurró Brandon–. De acuerdo, lo aceptamos –le dijo entonces–. Gracias, Callie. Gracias por ser la mejor amiga que he tenido.

Salieron felices e ilusionados de la cocina y fueron corriendo hasta donde ella había aparcado el Rolls-Royce, cerca del establo. Podía oír su conversación y sus risas desde allí.

–¿Nos damos una vuelta con él antes de venderlo? –le sugirió Brandon a Sami.

–Sí, ¿por qué no vamos por la carretera hasta el otro lado del pueblo? –repuso su novia–. Quiero ver la cara de Lorene Doncaster cuando me vea en este coche.

–Y no te preocupes por tu padre. No se enfadará cuando vea que has pasado toda la noche fuera de casa. Le explicaré que fue culpa de las estrellas y...

Dejó de oír sus voces cuando se alejaron con el coche por el camino.

A solas en la cocina, Callie volvió a sentarse a la

mesa y miró los papeles del divorcio. Se fijó en la firma de Eduardo y se dio cuenta de que tenía que hacerlo.

Tomó el bolígrafo con mano temblorosa y miró la línea vacía bajo la firma del que aún era su esposo.

Le costaba creer que su matrimonio solo hubiera sido un error que había durado ya nueve meses.

Suspiró y cerró los ojos.

Después, una hora más tarde, recibió una llamada que lo cambió todo.

—Buen, hoy hemos hecho muchos progresos. ¿A la misma hora la semana que viene?

Eduardo asintió con la cabeza mientras se ponía la chaqueta. Salió de la clínica del psicólogo y respiró profundamente. Era un maravilloso y soleado día de junio en Manhattan.

—¿Señor? —lo saludó Sánchez mientras le abría la puerta de su Mercedes negro.

—No, creo que voy a dar un paseo.

—Muy bien, señor.

Eduardo caminó lentamente por la calle, sintiendo el sol en la cara y escuchando el canto de los pájaros. Un grupo de colegialas con uniformes idénticos pasó corriendo y riendo a su lado.

Le hizo recordar un libro que le había leído a Marisol cuando solo tenía dos semanas de edad, el cuento de Madeline, una niña que vestía un uniforme similar. Pensó en cómo se había reído su esposa al verlo leyendo un libro a una niña recién nacida.

Se detuvo de pronto en la acera con un fuerte dolor en el pecho.

Trató de respirar y calmarse. Iba a ver a Marisol muy pronto. Ya tenía su avión listo en un aeropuerto privado a las afueras de la ciudad. Echó un vistazo a su reloj.

Supuso que la señora McAuliffe ya iría camino a ese aeropuerto, preparada para hacer el largo viaje hasta Dakota del Norte y regresar enseguida con la niña. Su ama de llaves iba a ver a la que pronto iba a convertirse en su exmujer, la persona con la que soñaba cada noche.

Se quedó mirando los árboles verdes y frondosos de la acera. Recordó que habían estado igual en septiembre, cuando fue hasta el West Village para hablar con Callie y ver si era verdad lo que le había contado su hermana. El mismo día que se convirtió en marido y padre.

Se le hizo un nudo en el estómago al recordarlo y se le quitaron las ganas de volver al trabajo. Había dedicado toda su vida y su energía a la empresa y no sabía muy bien para qué. Era multimillonario, pero envidiaba a su chófer, que volvía cada noche a su acogedora casa de Brooklyn, donde lo esperaban una mujer que lo amaba y sus tres niños.

Eduardo tenía un enorme ático en el Upper West Side, el barrio más exclusivo de Nueva York. Estaba lleno de obras de arte y muebles caros, pero cuando se quedaba solo, lo atormentaban las ausencias de su esposa y de su niña.

Apretó con frustración los puños. No sabía si seguía siendo su esposa o no. No entendía por qué Callie estaba tardando tanto en firmar los papeles. Ya habían pasado dos semanas desde que los firmara él y la espera lo estaba volviendo loco.

Quería terminar de una vez por todas con aquello. Cada día que seguía casado con Callie era un día más de dolor e incertidumbre. No podía evitar preguntarse si aún habría alguna posibilidad de que Callie lo pudiera haber perdonado. Pero luego se daba cuenta de que no era posible.

Suponía que ya estaría comprometida con Brandon McLinn y planificando la boda. Estaba seguro de que

McLinn había conseguido su objetivo gracias a su lealtad inquebrantable.

Sabía que ese hombre encajaría mucho mejor en el mundo de Callie. Algo que él no había logrado.

Por eso no entendía que no hubiera firmado aún los papeles.

Estaba muy confuso y se sentía todo el tiempo como si caminara sobre la cuerda floja y sin red.

Desde que Callie lo dejara en Marrakech para volver a la granja de sus padres, no había querido saber nada de ella. Le había dicho a su detective que abandonara el caso y le había pedido a sus abogados que no le dieran noticias de ella. Iban a contactar con él en cuanto el abogado de Callie les devolviera los papeles firmados por ella.

Pero aún no había recibido esa llamada y no podía evitar soñar con que aún tuvieran una posibilidad de reconciliación.

–¡Oye!

Sobresaltado, vio que una niña vestida de uniforme le daba una fotografía.

–Se te ha caído esto –le dijo la colegiala.

Tomó la foto. En ella estaban Callie y Marisol. Se la había hecho él en su casa de España.

La niña tenía entonces tres meses y medio y su dulce sonrisa dejaba entrever su único diente. Callie llevaba el gorro de Santa Claus que le había quitado a él. Sonreía y le brillaban mucho sus ojos verdes, llenos de amor. Se quedó sin respiración al ver la foto.

–Gracias –le dijo a la niña con un hilo de voz.

–Sé lo que se siente cuando pierdes algo –repuso la pequeña–. Ten cuidado.

La niña se despidió alegremente y se alejó corriendo con sus amigas.

Fue un momento de absoluta claridad que consiguió abrirle los ojos.

Él había sido quien le había pedido a Callie que se fuera. También había comenzado él los trámites del divorcio. Quería que fuera libre porque sabía que merecía a alguien mejor, pero se dio cuenta entonces de que tenía otra opción. Podía cambiar él y convertirse en un hombre distinto, uno que pudiera ser merecedor de su amor, uno que no tratara de controlarla, uno que pudiera confiar plenamente en ella.

Eduardo se quedó absorto mirando el tráfico de esa calle, pensando que quizás su pasado no tenía por qué condicionar cómo era su futuro, que él podía ser dueño de su vida y elegir ser de otra manera.

Sintió una renovada esperanza en su alma. Se dio cuenta de que había sido capaz de darle a Callie la libertad que se negaba a sí mismo.

Esperaba poder cambiar su modo de ser. El divorcio no era definitivo todavía y quizás estuviera aún a tiempo.

Se preguntó si sería capaz de pedirle una segunda oportunidad. Se lo pediría entonces a su esposa, no a su prisionera.

Se aferró con fuerza a la foto y se dio la vuelta. Encontró a Sánchez donde lo había dejado, aunque ya había arrancado el motor para volver a casa.

Se metió corriendo en el asiento de atrás.

–¡Al aeropuerto! –le ordenó sin aliento–. ¡Tengo que ir a ver a mi esposa! ¡Es urgente!

Sánchez le dedicó una sonrisa enorme.

–¡Sí, señor! –repuso mientras pisaba el acelerador.

Eduardo sacó su teléfono móvil para avisar a la señora McAuliffe sobre el cambio de planes. Pero, antes de que pudiera hacerlo, entró una llamada. Vio que era Keith Johnson. Frunciendo el ceño, rechazó la llamada.

Llamó a su ama de llaves. Unos minutos después,

mientras cruzaban el puente de George Washington, su teléfono sonó de nuevo. Vio que era el número de su abogado y sintió un escalofrío.

Cerró los ojos asustado. No, no quería saber si ella... No podía ser.

Cuando su teléfono sonó una tercera vez, bajó la ventanilla y lo arrojó al río Hudson.

Había decidido que no era demasiado tarde para cambiar e iba a luchar para conseguir lo que quería.

Cuando llegó al aeropuerto, su avión estaba esperándolo. Unos minutos después, iba camino a Dakota del Norte.

A su azafata le sorprendió que rechazara el Martini. Siempre se tomaba uno cuando volaba.

Estaba tan nervioso que pasó horas dando vueltas por el reducido espacio del avión, pensando en lo que le iba a decir a Callie.

Trató de escribir sus sentimientos en un papel, pero no le gustó el resultado. Esperaba que, cuando la viera, se le ocurriera lo que tenía que decirle.

Estaba muy inquieto y el viaje se le estaba haciendo eterno. Le hubiera gustado que el avión pudiera ir más rápido. Se distrajo viendo entre las nubes cómo las verdes colinas de la Costa Este poco a poco iban desapareciendo y asomaba el paisaje plano y marrón de las praderas del norte.

Cuando por fin aterrizaron en el pequeño aeropuerto a las afueras de Fern, notó que le temblaban las piernas al bajar la escalerilla.

Había estado allí en una ocasión, el día que conoció a Callie.

Entonces había estado rodeado de empleados y asistentes y ese día, en cambio, estaba solo. Se sentía algo torpe sin nadie que lo ayudara, era como si hubiera olvidado cómo manejarse por sí mismo en el mundo real.

Antes de salir del aeropuerto, se detuvo en una tienda para comprarle a Callie unas flores y una caja de bombones. No había nadie más en el establecimiento, pero el dependiente tardó más de cinco minutos en salir de la trastienda para atenderlo.

Pero Eduardo no le dijo lo que pensaba de su actitud ni le contó quién era. No quería llegar a ese pueblo como si le perteneciera. Lo que más le importaba era encajar, formar parte del mundo de Callie si ella se lo permitía.

No pudo pasar completamente desapercibido. La joven que lo recibió en la empresa de alquiler de vehículos lo reconoció al ver su nombre en la tarjeta de crédito.

–¿Eduardo Cruz? –le preguntó boquiabierta–. ¿El Eduardo Cruz de Petróleos Cruz?

–Sí, pero no lo uses en mi contra, por favor –repuso él con una sonrisa–. He-he perdido mi teléfono. ¿No sabrás por casualidad cómo ir a la granja de los Woodville? ¿La casa de Walter y Jane Woodville?

–Claro que lo sé –le aseguró la joven–. Viven en el cruce entre la carretera rural 12 y el camino del antiguo condado. Yo fui a la escuela con su hija –añadió–. Ayer mismo la vi dando una vuelta con el Rolls-Royce...

–Gracias. A ella es a la que vengo a ver –le dijo Eduardo.

–Pero ella no está en casa. Lamento ser la que se lo diga, si es su amigo, pero ayer sufrió un accidente de coche.

Eduardo sintió que se quedaba sin respiración.

–¿Qué?

–El coche quedó destrozado –le dijo la joven con tristeza.

Un accidente de coche, no podía creerlo. Recordó en ese instante cómo se había sentido al enterarse de que su madre había muerto en una traicionera carretera de la Costa del Sol. Sintió un estremecimiento por todo el cuerpo.

–No puede ser –repuso con un hilo de voz–. Ese coche es muy seguro...

–Había unos niños en bicicleta en medio de la carretera. Su prometido se desvió para no golpearlos y el coche se estrelló contra un poste de teléfono. He oído que está en estado crítico en el Hospital General.

Eduardo se agarró al mostrador, le fallaban las piernas.

–¿Quién es su prometido? ¿Quién es?

–Brandon McLinn.

No esperó a oír nada más. Agarró un mapa del mostrador y salió de allí.

–Señor Cruz, de verdad que lo siento...

Se metió corriendo en el coche de alquiler y fue directo al hospital, conduciendo por la autopista a ciento sesenta kilómetros por hora. Sabía que iría a la cárcel si lo paraba la policía yendo a esa velocidad, pero no le importaba.

Solo sabía que no podía perderla, no cuando se sentía tan cerca...

La angustia se apoderó de él. Se dio cuenta de que podría haber estado con ella todo ese tiempo, persiguiéndola y tratando de convencerla para que lo perdonara, intentando convertirse en el hombre que ella se merecía.

Lamentó haber perdido tanto tiempo tratando de controlar sus vidas. Se dio cuenta entonces de que era ese control lo que no existía, no el amor. No podía mantenerla completamente a salvo, no podía controlarlo todo.

También había aprendido que no podía obligar a nadie a quererlo ni podía conseguir, por mucho que lo quisiera, que alguien siguiera amándolo toda la vida.

Unas personas se iban, otras morían.

Pero creía que el amor podía seguir vivo. Podía elegir amar a Callie con todo su corazón y con todas sus fuerzas, a pesar de los defectos de los dos y hasta que la muerte los separara.

Eso era lo que había elegido.

En una ocasión, le había dicho a Callie que el amor no cambiaba nada. Pero se había dado cuenta de su error. El amor lo cambiaba todo.

Agarrando el volante, rezó para llegar a tiempo a su lado. No podía siquiera imaginar que Callie no estuviera bien. Su hija no podía crecer sin una madre y él no podía vivir sin su esposa.

Pisó más aún el acelerador para ir tan rápido como se lo permitía el coche de alquiler por esa desierta carretera.

«No me dejes», rezó Eduardo en silencio. «No me dejes».

Capítulo 12

HABÍA sido una noche horrible y un día muy largo.

Callie se levantó de la silla donde había estado sentada durante horas, junto a la cama de su hermana en el hospital. Necesitaba tomarse un café o algo de aire fresco.

Aún llevaba puestos los pantalones de chándal morados y la misma camiseta del día anterior. Se había recogido el cabello en una coleta para estar más cómoda. Todos habían pasado la noche en vela y ese día, después de comer, algunos habían dejado que los venciera el agotamiento. Brandon estaba acurrucado en una silla al otro lado de la cama de Sami. Sus padres se habían quedado dormidos en el sofá y Marisol roncaba ruidosamente contra el pecho de su abuelo.

Callie salió de la habitación con cuidado para no despertar a nadie. Cuando se vio por fin en el pasillo, respiró hondo y se dejó caer contra la puerta, tapándose la cara con las manos. Sentía que todo había sido por su culpa. Si no les hubiera regalado el coche, no habrían tomado el desvío a través del pueblo para probarlo y nunca habrían tenido ese accidente.

Tenía los ojos llenos de lágrimas y dejó que rodaran libres por sus mejillas. Afortunadamente, lo peor ya había pasado y su hermana iba a recuperarse.

Era un gran alivio saber que se pondría bien, pero las lágrimas no eran solo de alegría. Tenía una buena razón ese día para sentirse más triste y angustiada. Una razón personal.

Cerró los ojos, echaba mucho de menos a Eduardo.

Añoraba su hermoso rostro, el intenso brillo de sus ojos oscuros y su voz. Casi podía oírla en esos instantes, con su leve acento español.

–¿Dónde está mi esposa? ¿Dónde está, maldita sea? –gritó alguien no muy lejos de allí–. ¡Quiero verla ahora mismo!

Se dio cuenta de que conocía esa voz, soñaba con ella todas las noches. Poco a poco, Callie abrió los ojos y se giró.

Fue entonces cuando vio a Eduardo discutiendo con las enfermeras al fondo del pasillo. Su cabello negro estaba bastante despeinado y su traje, muy arrugado. Nunca lo había visto con un aspecto tan descuidado. Parecía fuera de lugar, pero tan apuesto como lo recordaba.

–Eduardo –lo llamó ella entonces con el corazón en la garganta.

Al final del pasillo, Eduardo se volvió hacia ella y la vio. Con un sollozo, fue hacia él corriendo y él hizo lo mismo.

Se abrazaron y fue entonces cuando Callie supo a ciencia cierta que aquello no era un sueño.

Entre sus brazos protectores, sintió que se desvanecían el miedo y la conmoción de las últimas veinticuatro horas. Ya no tenía que ser fuerte para su familia y se echó a llorar.

–Callie, Callie... –susurró Eduardo mientras besaba su frente–. ¡Estás bien! Gracias a Dios...

Se separó de ella y la miró. Vio que le brillaban los ojos como si estuviera también a punto de llorar. Después, volvió a abrazarla con fuerza, como si no fuera a soltarla nunca. Por primera vez en dos meses, Callie sintió que volvía a respirar. Lloró entonces de alegría al estar de nuevo entre sus brazos.

—Estás a salvo —susurró Eduardo acariciándole el pelo mientras apretaba la cara contra su torso—. A salvo.

Secándose los ojos, lo miró con confusión.

—Pero ¿qué estás haciendo aquí? Pensé que estabas en Nueva York.

—¿Me creerías si te dijera que estaba por aquí y decidí venir a verte?

Sonrió al oírlo.

—Te he traído flores y bombones —agregó Eduardo mientras miraba a su alrededor algo confuso—. Sé que están aquí por alguna parte... ¡Maldita sea! ¿Dónde los he dejado?

Había estado tan preocupada con lo del accidente de su hermana, que se le había olvidado que la niña tenía que irse con su padre.

—Ya sé por qué estás aquí. Has venido a recoger a Marisol, claro —le dijo ella.

—No, he venido por ti —repuso Eduardo mirándola fijamente y tomando sus manos—. Vuelve conmigo, Callie. Dame otra oportunidad.

—¿Qué? —repuso perpleja.

—Sé mi esposa, déjame ser tu pareja, estar a tu lado. Permíteme que pase el resto de mi vida amándote y tratando de merecerme tu amor.

—Pero... —tartamudeó ella.

—Llego demasiado tarde, ¿no?

—¿Demasiado tarde?

Eduardo miró a alguien que estaba detrás de ella.

—Veo que ya me has olvidado.

Se dio la vuelta y vio que Brandon los observaba desde la puerta de la habitación. Frunció el ceño y desapareció.

—¿De qué estás hablando? —le preguntó Callie a Eduardo.

—La chica que me atendió en la empresa de alquiler de coches me contó lo de tu accidente. También me dijo que te vas a casar con Brandon —le contó él con ojos tristes y una sonrisa que no convencía a nadie—. Supongo que debería felicitarte.

Callie no sabía qué decir.

—No lo sabes... —susurró ella mientras su corazón se llenaba de esperanza—. El anuncio del compromiso está en la página web de mi madre e incluso lo publicó el periódico local esta mañana. Pero no lo sabes...

Eduardo negó con la cabeza.

—No sé nada. Despedí a mi detective hace dos meses y les prohibí a mis abogados que me hablaran de ti. ¡Incluso me he deshecho de mi teléfono móvil!

—¿En serio? ¿De tu teléfono? —le preguntó incrédula.

—Sí, estaba enfadado con él —repuso Eduardo con una sonrisa—. Sigo haciendo algunas tonterías, pero mi psicólogo cree que aún hay esperanza para mí...

—¿Tu psicólogo?

—Sí, hablar del pasado me ha ayudado a entender las decisiones que he tomado de adulto. Y también sé por qué tenía tanto miedo a enamorarme de ti —le dijo Eduardo—. Porque te quiero, Callie. Te quiero tanto... Brandon es un buen hombre y sé que te hará feliz.

Ella se le acercó un poco más y le levantó la barbilla.

—Brandon y yo no estamos juntos. Está comprometido con mi hermana.

Poco a poco, Eduardo levantó la cabeza. La perplejidad solo duró un segundo, después sonrió de alegría.

—¿Con tu hermana? —repitió esperanzado.

—Sí, les regalé el coche ayer y tuvieron el accidente poco después —le contó ella—. Nos asustamos mucho. Ha sido una noche horrible, los médicos no sabían si iba a recuperarse. Perdió mucha sangre. Pero la operación de esta mañana fue muy bien y nos han dicho que se pondrá bien. Solo necesita mucho descanso.

–Gracias a Dios –susurró Eduardo mientras la abrazaba–. Así que es ella la que va a casarse con Brandon. Siempre me cayó muy bien tu hermana.

Apretó la mejilla contra su camisa y se echó a llorar.

–Desde que ocurrió, me he acordado mucho de ti. Deseaba que estuvieras aquí para abrazarme y decirme que todo iba a salir bien.

–¡Querida! –exclamó Eduardo abrazándola con fuerza–. Sé que soy egoísta y cruel. Habrá momentos en el futuro en los que te entrarán ganas de pegarme un puñetazo, pero dame una oportunidad más para amarte. Acéptame y no volveré a separarme de tu lado.

Abrió la boca para contestar, pero él colocó un dedo sobre sus labios.

–Antes de darme tu respuesta, deja que termine mi exposición...

La besó entonces con todo el amor que sentía por ella, a Callie no le quedó ninguna duda de sus sentimientos. Y había también tanta pasión después de meses separados que sintió que le temblaban las piernas.

Cuando se apartó de ella, lo miró emocionada.

–Quédate conmigo, Eduardo –susurró sin poder contener las lágrimas–. No me dejes nunca.

Sus ojos oscuros se llenaron de alegría y felicidad.

–Callie...

–Te amo –le susurró ella.

Eduardo la besó de nuevo. Durante tanto tiempo que algunas enfermeras carraspearon cuando pasaron a su lado y les sugirieron que se buscaran un lugar más apropiado para ese tipo de menesteres.

Fue entonces cuando Eduardo decidió apartarse.

–Ojalá hubiera hecho las cosas de otra manera desde el principio –susurró él contra su pelo–. Me habría encantado ofrecerte una boda de verdad, pedirle la mano a tu padre... ¿Sabes que incluso intenté escribirte un poema en el avión que me trajo a Dakota del Norte?

—¿En serio?

—Sí, un poema de amor —le confesó él.

—Un poema de amor del gran Eduardo Cruz —repitió ella riendo—. Eso me encantaría leerlo.

—No te dejaré hacerlo, no quiero que te rías de mí.

—La verdad es que necesito reírme —le dijo ella algo más seria mientras acariciaba su áspera mejilla—. Y los dos sabemos que, tarde o temprano, me lo vas a dar.

—Sí, lo haré —repuso Eduardo mientras tomaba su cara entre las manos—. Te lo voy a dar todo. Todo lo que tengo. Todo lo que soy. Para lo bueno y para lo malo —le prometió él.

—En la salud y en la enfermedad, todos los días de mi vida... —susurró ella.

Se puso de puntillas y lo besó otra vez. Era maravilloso volver a estar así con él, saber que podía besarlo cuando quisiera. Era su marido...

Callie abrió mucho los ojos de repente y dio un paso atrás.

—¿Qué ocurre, querida? —le preguntó él preocupado.

—¡Firmé ayer los papeles del divorcio! —exclamó disgustada—. No, Eduardo. ¿Qué he hecho? ¡Estamos divorciados!

Pero él no reaccionó como esperaba, sino que se echó a reír. Le levantó con ternura la barbilla y secó con un pulgar sus lágrimas.

—Mi amor, es la mejor noticia que podías darme.

—¿Qué? ¿Por qué? —preguntó sorprendida.

—Así tenemos la oportunidad de hacerlo bien esta vez —le susurró Eduardo al oído.

Era una cálida noche de finales de julio cuando Callie salió al porche trasero de la granja. Su padre la estaba esperando en la penumbra.

Walter Woodville se volvió entonces hacia ella y se quedó sin aliento al ver a su hija mayor vestida de novia.

–Estás preciosa, cariño –le dijo emocionado.

Callie miró tímidamente su vestido de encaje color marfil. Era corto y con vuelo, estilo años cincuenta.

–Todo gracias a mamá. Ella adaptó el vestido de la abuela para que pudiera llevarlo yo.

–Tu madre siempre consigue que todo parezca más bello. Y tú también lo haces –le dijo él con lágrimas en los ojos–. Estoy tan orgulloso de ser tu padre. ¿Estás lista?

Caminó agarrada a su brazo la corta distancia que los separaba del lugar donde iba a celebrarse la ceremonia. La luna creciente brillaba sobre los campos de cebada de su padre. Era una noche tranquila y mágica. Las luciérnagas también contribuían con su luz a que el ambiente fuera aún más mágico. Mientras caminaban hacia el granero, pudo oír las chicharras en la distancia.

Llevaba en una mano un ramo de margaritas rosas. Se volvió un instante para mirar la casa donde había crecido. Era pequeña y el exterior necesitaba una mano de pintura, pero era acogedora, cálida y estaba llena de buenos recuerdos. Miró el columpio del porche, las flores rojas de su madre en las macetas. Había tanto amor en aquel lugar...

–Solo espero que sepamos hacerlo todo bien –le susurró a su padre.

–Bueno, no será así, cariño –repuso él sonriendo.

–Entonces, espero al menos que nos vaya la mitad de bien que a vosotros.

Walter Woodville colocó su mano sobre la de ella.

–Seguro que sí, estáis hechos el uno para otro. Es un buen hombre.

Callie tuvo que aguantarse para no echarse a reír. Su padre había aprendido a apreciar a Eduardo después de pasar con él tres días pescando en Wisconsin. También había ayudado que su prometido le hubiera pedido la mano de su hija en matrimonio.

Incluso Brandon y Eduardo habían logrado enterrar el hacha de guerra. También su amigo había ido a Wisconsin, junto con un montón de tíos y primos. No había comprendido muy bien cómo habían conseguido entablar amistad, pero creía que habían ayudado mucho las cervezas que se bebieron una noche juntos al fuego.

–Como vamos a casarnos con las hermanas Woodville, decidimos que teníamos que ser aliados –le había dicho Eduardo con una sonrisa.

Ganarse la aprobación y el cariño de su madre había sido mucho más fácil. Eduardo era el mayor admirador de su comida y no se cansaba de alabar especialmente sus tartas de frutas.

–Aunque no vendría nada mal que me dierais más nietos cuanto antes –le había dicho su madre con algo de timidez.

–Sí, señora –había contestado Eduardo mientras miraba a Callie con una pícara sonrisa.

Se le llenaron los ojos de lágrimas al recordarlo. Por fin estaba segura de algo que la había tenido distraída durante días. Estaba deseando poder decírselo a Eduardo.

–¡No llores! –le susurró su padre–. Tu madre nunca me lo perdonaría si echas a perder el maquillaje.

–No estoy llorando, papá –repuso Callie mientras parpadeaba para contener las lágrimas.

Pasaron al lado del lugar donde iban a tener el banquete. Había una pista de baile iluminada por antorchas y neveras portátiles llenas de cerveza y el mejor champán.

Llegaron a la puerta del granero y se detuvieron.

Comenzó la marcha nupcial y todos los presentes se

pusieron en pie para mirarla, pero ella solo tenía ojos para Eduardo.

La esperaba al final del pasillo, estaba muy guapo y sus ojos se iluminaron cuando la vio. A su lado estaban el padrino y la dama de honor, a los que solo les quedaban dos meses para casarse. La pierna de Sami no estaba del todo curada y aún tenía que usar una muleta, pero resplandecía de felicidad.

Habían hecho planes para comprarse una pequeña granja cuando el seguro les diera la indemnización del accidente. Se le hizo un nudo en la garganta al ver tan felices a dos de las personas que más quería en el mundo.

Ella también lo era.

Ese día iba a casarse con su mejor amigo. Pero Eduardo no era solo su mejor amigo, también era su alma gemela, su amante, el hombre en el que confiaba plenamente y el padre de su hija. El hombre con el que quería dormir todas las noches y con el que quería despertar cada mañana.

El hombre con el que quería pelearse y hacer el amor. El hombre con el que quería reír y al que iba a amar durante el resto de su vida.

–Queridos amigos –comenzó el párroco–, estamos aquí reunidos hoy...

Mientras pronunciaba las mágicas palabras que los convertirían de nuevo en marido y mujer, Callie miró a Eduardo. Había mucho amor en su rostro y devoción en sus ojos.

–¿Quién entrega a esta mujer para casarse con este hombre? –preguntó el oficiante.

–Su madre y yo –repuso Walter con voz temblorosa.

Besó a su padre y sonrió al ver a su madre en la primera fila y con Marisol en su regazo.

Mientras avanzaba la ceremonia, Callie escuchó el

suave viento meciendo la cebada y se estremeció cuando Eduardo le leyó los votos con su bella voz.

Fue consciente de cada instante y no pudo evitar que le temblaran las manos cuando se intercambiaron las alianzas. Sonrió al darse cuenta de todo lo que simbolizaba ese anillo. Estaba deseando contarle que su familia seguía creciendo.

Tras la boda, quería decirle que iba a volver a ser padre. El nuevo bebé iba a nacer en febrero. Decidió que le susurraría la buena noticia al oído durante su primer baile.

Tenían toda la vida por delante y nunca había sido tan feliz. Pensó que estaría bien pasar allí el verano, el otoño en Nueva York y el invierno en España.

Pero cuando llegara el momento de que naciera el bebé, sabía que solo había un lugar donde quería estar, en su hogar.

Miró a Eduardo y se dio cuenta de que él era su hogar. Cuando estaba en sus brazos, se sentía de vuelta en casa. Estuviera donde estuviera.

–¿Y usted, Calliope Marlena Woodville, toma a este hombre como su legítimo esposo, para lo bueno y para lo malo, en la riqueza y en la pobreza, para amarlo y respetarlo hasta que la muerte los separe?

Callie se volvió para mirar a su niña, a su familia y a sus amigos. Era exactamente como siempre había imaginado que sería su boda.

Cerró los ojos, respiró hondo y recordó todos los sueños imposibles que había tenido de niña.

Luego los abrió, miró a Eduardo y pronunció las palabras que tenían el poder de convertir todos esos sueños en realidad.

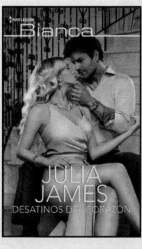

DESATINOS DEL CORAZÓN

Julia James

Tia se quedó horrorizada cuando el imponente Anatole Kyrgiakis regresó a su vida exigiendo que se casara con él. Seis años atrás, la había dejado con el corazón roto… Por mucho que ahora lo deseara, no volvería a cometer el mismo error. Pero Tia estaba unida al poderoso griego por algo más que por la pasión… ¿se atrevería a confesar el mayor secreto de todos?

Acepte 2 de nuestras mejores novelas de amor GRATIS

¡Y reciba un regalo sorpresa!

Oferta especial de tiempo limitado

Rellene el cupón y envíelo a
Harlequin Reader Service®
3010 Walden Ave.
P.O. Box 1867
Buffalo, N.Y. 14240-1867

¡Si! Por favor, envíenme 2 novelas de amor de Harlequin (1 Bianca® y 1 Deseo®) gratis, más el regalo sorpresa. Luego remítanme 4 novelas nuevas todos los meses, las cuales recibiré mucho antes de que aparezcan en librerías, y factúrenme al bajo precio de $3,24 cada una, más $0,25 por envío e impuesto de ventas, si corresponde*. Este es el precio total, y es un ahorro de casi el 20% sobre el precio de portada. !Una oferta excelente! Entiendo que el hecho de aceptar estos libros y el regalo no me obliga en forma alguna a la compra de libros adicionales. Y también que puedo devolver cualquier envío y cancelar en cualquier momento. Aún si decido no comprar ningún otro libro de Harlequin, los 2 libros gratis y el regalo sorpresa son míos para siempre.

416 LBN DU7N

Nombre y apellido	(Por favor, letra de molde)	
Dirección	Apartamento No.	
Ciudad	Estado	Zona postal

Esta oferta se limita a un pedido por hogar y no está disponible para los subscriptores actuales de Deseo® y Bianca®.
*Los términos y precios quedan sujetos a cambios sin aviso previo.
Impuestos de ventas aplican en N.Y.

SPN-03   ©2003 Harlequin Enterprises Limited

DESEO

Aquel sensual texano fue tan solo la aventura de una noche… hasta que se convirtió en su cliente y luego en su falso prometido

Amantes solitarios

JESSICA LEMMON

La aventura de Penelope Brand con el multimillonario Zach Ferguson fue tan solo algo casual… hasta que él fingió que Penelope era su prometida para evitar un escándalo. Entonces, ella descubrió que estaba embarazada y Zach le pidió que se dieran el sí quiero por el bien de su hijo. Sin embargo, Pen no deseaba conformarse con un matrimonio fingido. Si Zach quería conservarla a su lado, tenía que ser todo o nada.